dtv

»Als ich mich das erste Mal verliebte, war ich in England, und da ist die Rinderseuche ausgebrochen. Als ich mich das zweite Mal verliebte, war ich in China, und da ist die Vogelgrippe ausgebrochen. Und drei Jahre später war ich das erste registrierte Opfer der Schweinegrippe. Sollte ich je wieder Symptome von Verliebtheit zeigen, musst du sofort die Gesundheitspolizei verständigen, versprich mir das.« Gegen das Verlieben kämpft Benjamin Lee Baumgartner einen aussichtslosen Kampf. Diese Seuche bringt ihn um den Verstand. Mit Kopfverdrehen fängt es an. Mit Gehirnerweichung geht es weiter. Und das Schlimmste daran: Der Patient infiziert auch noch seinen Autor.

»Wolf Haas jongliert so klug und vor allem so lustig mit Sprache wie derzeit kein anderer Autor. Wer's noch nicht gelesen und den Spaß noch vor sich hat, ist zu beneiden.« (Barbara Schulz in ›Myself‹)

»Viel versprochen, noch mehr eingelöst: eine witzige und unerhörte Geschichte.« (ORF)

Wolf Haas wurde 1960 in Maria Alm geboren und mit seinen Brenner-Krimis berühmt. Sie wurden mit dem Deutschen Krimipreis sowie dem Literaturpreis der Stadt Wien ausgezeichnet, in mehrere Sprachen übersetzt und fürs Kino verfilmt. Für ›Das Wetter vor 15 Jahren‹ erhielt Wolf Haas den Wilhelm-Raabe-Preis, für ›Verteidigung der Missionarsstellung‹ den Bremer Literaturpreis. Wolf Haas lebt in Wien.

Wolf Haas

Verteidigung der Missionarsstellung

Roman

Deutscher Taschenbuch Verlag

Von Wolf Haas
sind im Deutschen Taschenbuch Verlag erschienen:
Das Wetter vor 15 Jahren (13685)
Das ewige Leben (21328)
Der Brenner und der liebe Gott (21282)

MIX
Papier aus verantwortungsvollen Quellen
FSC® C019821

Ungekürzte Ausgabe 2014
Deutscher Taschenbuch Verlag GmbH & Co. KG,
München

Umschlagkonzept: Balk & Brumshagen
Umschlaggestaltung nach einem Entwurf von Perndl+Co
Druck und Bindung: Druckerei C.H.Beck, Nördlingen
Gedruckt auf säurefreiem, chlorfrei gebleichtem Papier
Printed in Germany · ISBN 978-3-423-21510-7

London 1988

»Verrate mir bitte nicht deinen Namen«, sagte Benjamin Lee Baumgartner zu der freundlich aus ihrem kleinen Imbisscontainer auf ihn herabblickenden Burgerverkäuferin. »Ich finde, wenn man den Namen von einem Menschen weiß, ist der Zauber schon zerstört.«

Eine halbe Stunde hatte er ihren Stand umkreist, war am Greenwich Market kreuz und quer gegangen und hatte darüber nachgedacht, wie er diese Erscheinung im Wunschhineinsprech- und Beefburgerherausreichfenster durch entwaffnendes Ansprechen auf ihre Realität überprüfen könnte.

»Ich hatte nicht vor, dir meinen Namen zu sagen«, antwortete sie.

»Oder vielleicht ist der Zauber nicht sofort vollkommen zerstört, aber doch angekratzt, es ist die erste Schramme, welche dem Erosionsprozess bis zur langsamen und umso endgültigeren völligen Zerstörung Tür und Tor öffnet, denn wenn man den Namen erst einmal weiß, sind bald alle Geheimnisse verraten«, hätte er fast gesagt, sagte aber nichts mehr, denn der im Lauf einer halben Stunde gesammelte Mut war schon aufgebraucht.

»Zwiebel?«, wurde er durch das Geldhineinreich- und Zwiebelherausfragfenster gefragt.

»Obwohl ich nach deiner herben Antwort auf meine

Bitte, deinen Namen für dich zu behalten, nicht mehr damit rechne, dass du mich heute noch küssen wirst, weil durch deine knallharte Replik auf meinen sorgfältig zurechtgelegten Spruch mein Mut kartenhausgleich in sich zusammengefallen ist, weil meine autosuggestiv auf allerhöchstes Niveau gebrachte Anbaggerzuversicht, die ich mit einem perfekt aufgeblasenen und freundlich überreichten Luftballon vergleichen möchte, an deiner spitzen Bemerkung zu einem gummifetzenumkränzten Nichts zerplatzt ist, das nur noch das niemals von uns im Liebestaumel überstrapazierte, in Fetzen gegangene Kondom symbolisiert, möchte ich dich doch trotz der daraus resultierenden allerhöchsten Kussunwahrscheinlichkeit bitten, meinen Burger ohne Zwiebel zuzubereiten«, hätte er fast gesagt, sagte aber nur:

»Ohne Zwiebel bitte, wenn es geht.«

Denn Benjamin Lee Baumgartner war von seiner Mutter sehr gut erzogen worden und sagte bei jeder sich bietenden Gelegenheit *bitte* und *wenn es geht* oder *wenn es keine Umstände macht* und *danke*.

»Aber um fair zu sein, darfst du mir deinen Namen auch nicht sagen«, lächelte die nach sekundenlangem Überlegen, nach minutenlangem Hantieren, nach stundenlangem Zappelnlassen sich doch noch zu einer schlagfertigen Antwort durchringende Beefburgerverkäuferin aus dem Herauslächelfenster heraus.

»Gut«, sagte der nun seinerseits wieder zu Mut und Übermut gekommene Benjamin Lee Baumgartner. »Jetzt, wo wir schon unsere Namen nicht kennen, ist es vielleicht nicht unangebracht, wenn ich dich frage, ob du nachher mit mir was trinken gehst.«

»Bist du Deutscher?«, fragte sie auf Deutsch.

Da sie sich vor dem Eingang zum Greenwich Market befanden und sie ihre wenigen Worte bisher auf Englisch ausgetauscht hatten, da *pleasedon'ttellmeyournameasfor meIfeelthewholemagicisgoneassoonasyouknowso meone'snameIhadnointentiontotellyoumynameonions noonionspleaseifyoudon'tmindbuttobefairyoumustnotte llmeyournameeither* zusammen mit seiner Bestellung und seiner letzten Frage den sehr überschaubaren 80-Worte-Kosmos bildeten, in dem sich ihr ganzes gemeinsames Leben abgespielt hatte, schockierte ihn diese auf Deutsch gestellte Frage, die er, obwohl auch das Rindfleisch auf der silbernen Bratplatte mittlerweile sehr laut brutzelte, deutlich und zweifelsfrei vernommen hatte.

Benjamin Lee Baumgartner war empfänglich für Akzente und Dialekte, für S-Fehler und R-Fehler, für Halskrankheiten, Heiserkeiten und Holländisch, ja sogar die bei Ertrinkenden auftretende Todesursache übte auf ihn eine gewisse Anziehungskraft aus, seit er wusste, dass Ertrinkende am Stimmritzenkrampf sterben. Noch nie aber hatte sich ein so anmutiger Akzent in seine Gehörgänge geschmeichelt, und er hätte um ein Haar geantwortet:

»Meine vorhin durchgeführte Wahrscheinlichkeitsrechnung, ob in einem von hundert oder wenigstens in einem von tausend, meinetwegen in einem von hunderttausend Fällen die Chance auf ein entwaffnetes Lächeln, auf eine Sekundenaufmerksamkeit deines Blicks, auf ein zum ewigen Wortwechsel einladendes Widerwort, auf eine Verabredung, auf einen Kuss mit nachfolgendem Geschlechtsverkehr bestehen könnte, führte dazu, dass ich hier für mein letztes Geld, obwohl ich Vegetarier und überdies gar nicht hungrig bin, einen Beefburger kaufte, weil ich mir sagte, dass meine Chance bei aller Aussichtslosigkeit immer noch größer als die Gewinnwahrscheinlichkeit beim Lotto sei, und Lotto spielen die Menschen doch auch, weshalb ich das Risiko einging, und mit allem habe ich gerechnet, nur nicht damit, dass du mir auf meine perfekt gezimmerte englische Frage auf Deutsch in einem kaum merkbaren, aber doch sexuell vollkommen überzeugenden Akzent mit der Frage antworten würdest, ob ich Deutscher sei.«

Er sagte aber nur:

»Halb.«

Denn er war zu höflich und zu wohlerzogen, um ihre Frage, ob er Deutscher sei, nicht zu beantworten.

»Halb«, wiederholte sie, während sie sich anschickte, das auf der Bratplatte zischende Rinderfleisch zu wenden. Es war eigenartig, dass sie so gut Deutsch sprach. Sie sah mehr nach Portugiesisch aus, brasilianisches Portugiesisch oder spanisches Peruanisch oder pyrenäiges Französisch oder Nazigroßvaterargentinisch.

»Hast du gar keine Angst?«, fragte sie ihn, als sie ihm den fertig gebratenen und mit ein paar behutsamen Handgreiflichkeiten zurechtgeschupften Burger auf die Fresskante schob.

»Angst ist das falsche Wort, aber blankes Entsetzen ergreift mich angesichts der Annahme, dass vielleicht in einer von hunderttausend möglichen Welten eine Gesprächsvariante existiert, in der ich auf das Stichwort *Angst* genau das Richtige antworte, aber ich errate es nicht, ich erwische die richtige Antwort nicht, verfehle sie womöglich nur knapp, zupfe an der falschen Stelle des Gesprächsfadenknäuels und ergattere eine unmittelbar neben der richtigen Antwort lauernde vollkommen falsche, vernichtend espritlose Antwort und vergeige die Chance meines Lebens«, hätte Benjamin Lee Baumgartner fast zu der Burgerverkäuferin gesagt.

»Warum Angst?«, sagte er aber nur.

»Wegen der Kuhekrankheit«, erklärte die Verkäuferin, die abgesehen von ihrer winzigen Ü-Schwäche ausnehmend gut Deutsch konnte für eine brasilianische Schönheitskönigin, für eine Tänzerin von der Copacabana, für eine französische Hauptdarstellerin im Goldene-Palme-von-Cannes-Film, für eine nordafrikanische Slumbewohnerin, die vom Fotografen auf der Straße entdeckt worden war und jetzt als weltberühmte Erscheinung in einer einzigen Stunde eine Million britische Pfund verdiente, weil sie sich als Burgerverkäuferin für die Werbung der weltumspannenden Burgerkette fotografieren ließ, hervorragendes Deutsch für eine Rachegöttin, die von den Inka zurückgeschickt worden war aus dem Jenseits, oder nicht unbedingt von den Inka, vielleicht auch von den Maya, Inka oder Maya, wegen dem Fluch, die schicken die Leute zurück, Gespenster, Untote, Rastlose, um Leute wie Benjamin Lee Baumgartner verrückt zu machen, mit einer speziellen Gehirnerweichung zu infizieren und auf diese Weise nach und nach die Erde auszurotten.

»Eigentlich bin ich Vegetarier. Ich hab mir diesen Beefburger überhaupt nur gekauft, um mit dir ins Gespräch zu kommen«, hätte er fast gesagt. »Weil ich von der gegenüberliegenden Straßenseite deine Zähne aufblitzen sah, als dir der Verkäufer vom Lederjackenstand etwas zugerufen hat, und ich dachte, so strenger Vegetarier bin ich nicht, dass ich nicht auch einmal einen Beefburger essen kann, immerhin lache ich auch über Veganer, die nicht einmal Eier essen, keine Lederschuhe tragen, und ich frage mich immer, ist es für eine Veganerin überhaupt erlaubt, durch Geschlechtsverkehr männliches Eiweiß in sich aufzunehmen, oder greift da auch schon der Tierschutz?«

Er sagte aber nur: »Was für eine Kuhekrankheit?«

Er konnte es nicht glauben, dass er durch dumme Akzentimitation, durch kleinliches Herumreiten auf der einzigen Schwachstelle ihres nahezu perfekten Deutsch, der etwas mangelhaften Ü-Intonation, das immense Risiko einging, bei ihr für alle Zeiten üntendürch zü sein.

»Wir haben in England eine neue Seuche«, erklärte sie auf Deutsch. »Hast du noch nicht davon gehört? Die madcowdisease.«

»Die was?«, fragte er, weil ihm ihr letztes Wort in rasendem Tempo um die Ohren geflogen war.

»Mad. Cow. Verruckte Kuhe!«

Er war sehr erleichtert, dass sie seinen dummen Ü-Spott nicht bemerkt hatte und sein Horrorszenario nicht Realität geworden war, sehr erleichtert, dass nur eine Seuche im Anmarsch war, dass bloß eine Pandemie die Erdbevölkerung mit der Ausrottung bedrohte, wie er soeben von ihren ihn verrücktmachenden Lippen ablas, die einen bösartigen Sprech- und Lächelzauber aufführten, nur eine neue Krankheit, die Löcher in die Gehirne machte, aber nicht seine Chancen bei der Burgerverkäuferin minderte, deren Ausführungen über die neue Krankheit er mit großem Interesse folgte.

Es war das Jahr 1988. Benjamin Lee Baumgartner war

dreiundzwanzig Jahre alt. Er hatte sich gerade zum ersten Mal im Leben richtig verliebt, die Inka hatten Leute zurückgeschickt, oder die Maya, das ist bis heute nicht geklärt, irgendeine Rache von irgendeinem ausgerotteten, sehr attraktiven Volk, und vermutlich ging später die Welt dadurch unter, aber zum Glück hatten sie die Agentin ausgerechnet auf ihn angesetzt, und er konnte, bis alles zusammenbrach, bis die Menschheit zum Teufel ging, mit ihr seine letzten Lebenstage noch in vollen Zügen und vielaktigem Geschlechtsverkehr plus Gesprächen zwischendurch genießen.

»Zum Glück hast du das Fleisch so gut durchgebraten«, sagte Benjamin Lee Baumgartner und biss, um seine Unerschrockenheit unter Beweis zu stellen, um ihr seine Tapferkeit vor Augen zu führen und gleich einmal eine Mutprobe zu bestehen, mit Todesverachtung ein unnatürlich großes Stück von seinem Beefburger ab.

Es fiel ihm zu spät auf, dass er dadurch blöd mampfte wie eine wiederkäuende Kuh, und er hoffte mit einer Inständigkeit, die seine Hoffnung schon fast zu einem zum Himmel gesandten Gebet machte, dass sie ihm jetzt nicht sofort eine Frage stellte.

»Hast du wirklich noch nichts davon gehört?«, fragte sie boshaft.

»Stell dir einmal vor, jemand, für dessen Aufmerksamkeit du deine Seele verkaufen würdest, spricht zum ersten Mal mit dir, aber er tut es im Zusammenhang mit einer Krankheit, er kommentiert damit das kranke Fleisch, das du dir gerade einverleibst, er macht Ausführungen über die schwammförmige Gehirnerweichung, die dich durch den Genuss dieses Fleisches gerade ereilt, würdest du das nicht auch ungerecht finden, Frau Göttin von früher?«, hätte Benjamin Lee Baumgartner wirklich gesagt, diese Antwort ist ihm sofort eingefallen, und er hätte sich auch getraut, aber da er den Mund zu voll hatte, mampfte er nur:

»Warum kannst du eigentlich so gut Deutsch?«

»Ich stüdiere die Sprachen. Und hier kommen viele Touristen vorbei, sodass ich nebenbei ein bisschen uben kann.«

»Also stört es dich gar nicht, wenn ich mit dir rede?«

»Bis jetzt hast du noch nicht viel gesagt.«

Die Rachegöttin im Hineinstarrfenster musste über ihren eigenen Kommentar lachen, aber auch über den seltsamen Kunden, der jetzt versuchte, ihr einen Was-gibt-es-da-zu-lachen-Blick entgegenzuhalten, während er antwortete:

»Meine Mutter sagt, man darf nicht gleichzeitig essen und reden.«

»Ist deine Mütter die Deutsche oder dein Vater?«

»Warum fragst du das?«

»Weil dü sagtest, dass dü halber Deutscher bist.«

»Mein Vater ist Amerikaner.«

»Amerikaner? Aber dü sprichst Englisch wie ein Deutscher.«

»Das tut weh.«

»Ich liebe das Deutsch. Sonst wurde ich es nicht stüdieren. Ich mag nicht die Amerikaner. Was machst dü heute noch?«

»Zuerst … und dann … mit dir … Kuss … Wohnung … Bett«, hätte Benjamin Lee Baumgartner fast gesagt, sagte aber nur:

»Weiß ich noch nicht so genau.«

»Wenn du Zeit hast, könnten wir noch kurz etwas trinken. Ich habe bald frei.«

Das sagte sie einfach so. Mit der für junge Rachegöttinnen typischen Verantwortungslosigkeit und Mitleidlosigkeit für das Opfer.

»Ich kann nur hoffen, dass du nicht allzu bald Feierabend hast, vielleicht erst in zwei Stunden, damit mir noch irgendeine Möglichkeit bleibt, eine Bank zu überfallen, einer alten Frau die Handtasche zu klauen, einem Kind den Walkman zu entreißen, beim erstbesten Lederjackenstand eine Lederjacke zu stehlen, um sie beim nächstbesten Lederjackenstand zu verscherbeln, denn ich habe gerade mein letztes Geld für diesen Hamburger ausgegeben«, hätte er fast gesagt.

»Wie lange musst du denn noch arbeiten?«, fragte Benjamin Lee Baumgartner stattdessen so uninteressiert wie möglich, also sabbernd und mit heraushängender Zunge, was ja nicht so peinlich war, weil es theoretisch auch ein Seuchensymptom sein konnte, und er spürte, wie seine Lippen kaum fähig waren, die schwierigen Worte *wie* und *lange* und *musst* und *du* und *denn* und *noch* und *arbeiten* zu formen.

»In zwanzig Minüten kann ich los«, sagte sie. »Dü kannst gleich hier auf mich warten, wenn dü willst.«

»Wenn du dreißig Jahre älter wärst, immer noch bildhübsch, von herzzerreißender Schönheit, immer noch mit diesem mein Hirn zersetzenden Lächeln ausgestattet, dann könnte ich darauf spekulieren, dass du die völlige Abgebranntheit dieses Jünglings vielleicht sogar charmant findest. Du könntest es sexy finden, dass der Kerl nicht einmal seinen Drink selbst zahlen kann, und du würdest dich vielleicht gerade deshalb in ihn verlieben, ihn mit deinem satten Zahnarztgatten vergleichen und dich auf reizvolle Art und Weise dem jungen Nichtsnutz überlegen fühlen. Da du aber bestenfalls gleich alt, eher zwei, drei Jahre jünger bist als ich, sollte ich wenigstens ein paar der schweren Pfundmünzen in der Tasche haben, um nicht von vornherein einen verheerenden Eindruck bei dir zu machen«, hätte Benjamin Lee Baumgartner fast gesagt.

Er sagte aber nur: »Ich bin gleich wieder da«, und zog los. Dummerweise hatte er noch nie etwas gestohlen. Er war ja der hochanständige Benjamin Lee aus Simbach, und nicht einmal in der Pubertät, als alle Schüler klauten, hatte er gestohlen, denn seine Mutter sagte, er soll nicht, sonst heißt es, der Indianer klaut. Er hätte aber auch sonst nicht geklaut, er fand es gemein, er dachte, irgendwer muss es zahlen, womöglich der Angestellte, oder die eine Schokolade, die ich stehle, ist gerade die Tafel, deren Fehlen den Laden in den Ruin treibt, *the straw that breaks the camel's back*, Leute werden entlassen, Selbstmorde sind die Folge.

Es war noch nicht so lange her, dass Benjamin Lee Baumgartner an der pubertären Skrupelkrankheit gelitten und damit seine Mutter in den Wahnsinn getrieben hatte. Hauptsymptom dieser Krankheit war seine Angst, dass er durch eine Unachtsamkeit, durch eine falsch gegebene Auskunft ein großes Unglück auslösen könnte. Besonders auf die Frage nach der Uhrzeit konnte er in einer Akutphase der Skrupelkrankheit nach einem Blick auf seine täglich zehnmal auf die Sekunde genau gestellte Armbanduhr antworten: »Es ist drei vor halb fünf ungefähr oder genau, glaube ich, bin mir aber nicht ganz sicher, denke aber schon, dass es sehr wahrscheinlich stimmt, mehroderweniger ungefährodergenau.«

Ungefähr allein wäre eine zu kühne Behauptung gewesen, konnte es doch durch einen blöden Zufall tatsächlich auf der Atomuhr, falls der Atomuhr zu trauen war, genau drei vor halb fünf sein. Und eigentlich war er ja deswegen am letzten Tag seiner Interrail-Reise durch Großbritannien auch noch nach Greenwich gepilgert, zur Brutstätte der Zeitmessung. Grob gesagt hatte er bis vor einer halben Stunde ungefähr oder genau an der Skrupelkrankheit gelitten, die ihm schon vor langer Zeit den Ruf eingetragen hatte, einen Vogel zu haben. Jetzt aber fühlte er sich nicht mehr von der Skrupelkrankheit behindert, jetzt war er einfach nur ungeübt im Klauen, und er hatte keine Ahnung, wie er in so kurzer Zeit zu ein bisschen Geld kommen sollte.

Er hatte nur zwanzig Minuten, drei Minuten davon waren schon vorbei, und er brauchte zwei weitere Minuten, bis er sich überwinden konnte, einen Menschen anzubetteln. Dieser Mensch, ein sympathisch aussehender junger Mann, schmächtig, einen Kopf kleiner als Benjamin Lee Baumgartner, blickte ihn durch seine Hornbrille an und sagte etwas so Grausames zu ihm, dass er zwei weitere Minuten brauchte, um sich davon zu erholen.

Als er sich die zweite Abfuhr geholt hatte, waren neun von zwanzig Minuten vorbei. Blieben elf. Ungefährodergenau.

Seine Mutter war vor dreiundzwanzig Jahren zu den Hopi-Indianern gereist. Sie hatte in einem Buch gelesen, dass die Hopi-Indianer nichts über Zeit wissen. Neun Monate später kam ihr Sohn zur Welt. Dem jetzt am

Greenwich Market die Zeit davonlief. Zehn Minuten waren schon weg, und wenn er in den verbleibenden zehn Minuten genauso viel Erfolg hatte, war er verloren.

Vielleicht war Betteln überhaupt eine schlechte Idee. Womöglich wurde man als Bettler festgenommen, als Ausländer sofort von der Fremdenpolizei abgeschoben, und er sah die große Liebe seines Lebens nie wieder, konnte sie auch nicht suchen, weil er ihren Namen nicht wusste.

Zwölf Minuten waren vergangen, als er die rettende Idee hatte. Er wandte sich an einen der vielen Schmuckhändler, die am Greenwich Market ihren selbstgebastelten Schmuck ausgebreitet hatten, und fragte ihn, was er ihm für den Silberring geben würde, den er an der rechten Hand trug. »Er ist sehr alt und wertvoll«, sagte Benjamin Lee Baumgartner. »Von einem Medizinmann der Hopi-Indianer.«

Der Schmuckhändler grinste müde über diese Erklärung und bot ihm fünf Pfund.

»Mit einer eingravierten Bärentatze!«, sagte Benjamin Lee Baumgartner. »Ein Amulettring.«

»Fünf Pfund«, sagte der Schmuckhändler.

Gefühlsmäßig hatte die Verhandlung nicht einmal eine Minute in Anspruch genommen, mit dem müden Lächeln musste der Schmuckhändler ihm aber sehr viel Zeit gestohlen haben, denn seine Armbanduhr, für die der Händler ihm zwei Pfund geboten hätte, zeigte dem deutschen Sohn eines Hopi-Indianers, dass im Lauf der Verhandlung zweieinhalb Minuten vergangen waren.

Benjamin Lee Baumgartner ging weiter und fragte die nächstbeste Schmuckhändlerin, was sie für diesen echten Silberring bezahlen würde.

»Fünf Pfund«, sagte die Verkäuferin, ohne mit ihren aufgeklebten Wimpern zu zucken.

»Aber es ist ein echter«, behauptete er. »Keine industrielle Nachbildung. Mit Bärentatze! Mein Vater hatte ihn von seinem Vater, der ein Medizinmann bei den Hopi-Indianern war.«

»Klar«, sagte die Frau mit den schwarzgeschminkten Lippen und begann, sich eine Zigarette zu drehen. »Hat dir schon einmal jemand gesagt, dass du eine auffallende Ähnlichkeit mit dem Chief Bromden aus dem Film *Einer flog über das Kuckucksnest* hast?«

»Findest du?«, sagte Benjamin Lee Baumgartner, der zur Falschheit verdammt war, und tat ein bisschen geschmeichelt. In Wirklichkeit nervte ihn nichts so sehr wie diese Bemerkung, die er seit seinem Wachstumsschub im sechzehnten Lebensjahr auf Schritt und Tritt zu hören bekam, obwohl er nicht die geringste Ähnlichkeit mit dem Indianer aus dem Film *Einer flog über das Kuckucksnest* hatte. Von den Haaren vielleicht einmal abgesehen. Von der Größe vielleicht abgesehen. Von der Nase vielleicht abgesehen.

Zum ersten Mal ärgerte er sich jedoch nicht über die blöde Behauptung, sondern erhoffte sich einen Vorteil bei der Schätzung des Rings. Die Schmuckverkäuferin bot aber trotz seines glaubwürdigen Aussehens nicht mehr. Und da schon ungefährodergenau siebzehneinhalb Minuten vergangen waren, seit er den Burgerstand verlassen hatte, wusste Benjamin Lee Baumgartner sich nicht mehr anders zu helfen, als mit der Wahrheit herauszurücken, dass er sich soeben verliebt habe, fallen in love, verstehst du mich, coole Punkdiva, fallen! Totally verloved, brutally verbrunzt, and I am completely broke, and she ist the woman of my dreams and so on and so on.

Diese Story gefällt mir much better, sagte die Schmuckhändlerin, schüttelte ihre Stachelmähne, dass er vom aufsteigenden Haarfestiger fast bewusstlos wurde, und gab ihm zehn Pfund. »Wenn du den Ring zurückhaben willst, gebe ich ihn dir für zehn Pfund wieder, Chief«, sagte sie mit einem Lächeln, und er sah, dass sie zwei erschreckend sympathische Zahnlücken hatte.

Er musste rennen, um rechtzeitig zum Burgerstand vor der Markthalle zu kommen. Zwar hatte er noch so viel Zeit, dass er auch in einem normalen Gehtempo rechtzeitig zurückgekommen wäre. Aber er wollte kein Risiko eingehen. Wer weiß, wie genau sie es mit ihrer Zeitangabe nimmt? Dieser Gedanke beunruhigte ihn. Er rannte, so schnell er konnte. Und Benjamin Lee Baumgartner konnte sehr schnell rennen. Er war in der Schule der beste Läufer gewesen. Der Schüler mit der besten Lauftechnik und mit dem schlechtesten Orientierungssinn. Und da die Marktstände ein fieses Labyrinth aus Gängen und Quergängen bildeten, ging Benjamin Lee Baumgartner bei dem Schallplattenstand, wo er am Hinweg abgebogen war, geradeaus weiter und

bog stattdessen nach dem Fish-and-Chips-Stand, wo er am Hinweg geradeau

Als es Benjamin Lee Baumgartner dämmerte, dass er sich verlaufen hatte, dass er falsch abgebogen und beim falschen Ausgang aus der Markthalle hinaus und in die falsche Richtung gerannt war, ging die Burgerverkäuferin gerade nach Hause. Sie hatte den seltsamen Kunden, dessen Namen sie nicht einmal wusste, schon vergessen. Sie spazierte dem nächstbesten Idioten in die Arme! Derartige Gedanken irrten durch Benjamin Lee Baumgartners Kopf, während er umkehrte, durch den Markt irrte, zwischen den Marktständen im Kreis lief, andere Ausgänge nahm, von Burgerstand zu Burgerstand immer weiter in die Irre ging, weil die Burgerstände sich hier schon zu einer Plage vermehrt, andere Stände aufgefressen hatten, um immer mehr von ihrem kranken Fleisch anbieten und die Welt vernichten zu können.

Benjamin Lee Baumgartner hatte längst die Hoffnung aufgegeben, den richtigen Burgerstand noch rechtzeitig zu finden, und war nur noch auf der Suche nach einem Londoner Bus, vor den er sich werfen konnte. Schon mehrmals war er in dieser Stadt ja schon versehentlich fast in ein Auto gerannt, weil sie immer aus der falschen Richtung kamen, und jetzt war sein Orientierungssinn immerhin gut genug, um ihn den kürzesten Weg zu einem in der Ferne herandonnernden Doppeldeckerbus erkennen zu lassen, auf den er entschlossen zusteuerte.

Diesen Doppeldeckerbus müssen allerdings gewisse Kräfte gesandt haben, die auf Benjamin Lee Baumgartners Seite standen. Denn der todesmutige Weg zum Doppeldeckerbus führte ihn in letzter Sekunde an dem verschwundenen Burgerstand mit der phantastischen Erscheinung vorbei. Weiters hatten die Kräfte eine Kundenschlange zur Bewachung der eigentlich schon dienstfreien Verkaufskraft gebildet, und da die herzensgute Prinzessin Namenlos den sie ablösenden Kollegen nicht mit den vielen Hungrigen alleinlassen wollte, war sie immer noch da.

»Wo ist dein Ring?«, war das Erste, was sie zu ihm sagte, nachdem sie den Burgerstand, der eigentlich ein umgebauter Wohnwagen war, mit einer federleichten Hüpf-aus-dem-Wohnwagen-Nummer durch die winzige Seitentür verlassen hatte.

»Auf dem Erdboden angelangt, bist du noch zarter, als du im dich erhöhenden Burgerstand wirktest, der eigentlich ein Zirkuswagen mit Mayaprinzessinnen-Ausstellungsfenster ist. Diese Zerbrechlichkeit ruft in mir den akzeptablen Instinkt wach, dich zu behüten bis zum Ende deiner Tage, aber auch den vollkommen unakzeptablen Wunsch, hier beim chinesischen Trödler einen Vogelkäfig zu kaufen und dich darin spazieren zu tragen, wie ich im Fernsehen gesehen habe, dass die Chinesen es mit ihren Vögeln tun. Der unwiderstehliche Impuls, dir augenblicklich einen Heiratsantrag zu machen, erfolgt aber auch aus dem Studium deiner Charakterstärke, der Beobachtung der selbstverständlichen Kollegialität, mit der du wegen des gerade einsetzenden Ansturms nach deinem langen Arbeitstag noch über deine Dienstzeit hinaus ausgeholfen hast«, hätte er fast gesagt.

»Was für ein Ring?«, fragte Benjamin Lee Baumgartner aber nur maulfaul.

»Der Silberring mit dem indianischen Motiv. Er ist mir als Erstes an dir aufgefallen.«

»Als Erstes? Das ist fast eine Beleidigung.«

»Ich weiß«, lachte sie.

»Der Ring war von meinem Vater. Das einzige Erinnerungsstück, das ich besessen habe. Aber ich musste ihn für zehn Pfund verkaufen, um die Traumfrau meines Lebens auszuführen, die ich vor einer halben Stunde kennengelernt habe.«

Er konnte es nicht fassen, dass er das wirklich gesagt hatte.

»Für einen Deutschen bist du ja richtig schlagfertig«, lachte sie.

»Mein Vater war ein Indianer. Und der Ring war von seinem Vater, einem Medizinmann, der den Ring wieder von seinem Vater hatte.«

Benjamin Lee Baumgartner wusste zwar nichts über den Vater seines Vaters, aber er war ziemlich sicher, dass Medizinmann nicht schlecht klang in den winzigen Ohren der Hamburgerverkäuferin.

»Und woher hatte der Vater des Medizinmannes ihn?«

»Von seinem Vater.«

»Und was war der?«

»Ich hab dir ja noch gar nicht erzählt, was der vorherige war.«

»Wer?«

»Der Vater des Medizinmannes.«

»Was war der Vater des Medizinmannes?«

»Häuptling.«

»Eine eindeutig absteigende Linie bis zu dir.«

»Ja, darum brauche ich dich so dringend zur Auffrischung meines Erbmaterials.«

»Oh boy«, sagte die Studentin der deutschen Sprache, »du brauchst nicht die Kuhekrankheit. Du bist schon verruckt.«

Er fragte sich, ob ihre Ü-Aussprache sich durch seinen Einfluss schon etwas verbessert hatte oder ob es nur sein Gehör war, das sich allzu schnell daran gewöhnte.

»Du bist der erste Mensch, dem ich freiwillig und sofort erzähle, dass mein Vater ein Indianer war. Oft verheimliche ich es, weil ich nicht die immer gleichen Fragen der Leute beantworten will. Was sind eigentlich die typischen Symptome der Rinderkrankheit?«

»Was sind die immer gleichen Fragen der Leute?«

»Ich habe zuerst gefragt.«

»Die Kuhe benehmen sich komisch.«

»Haben sie zittrige Knie? Panikgefühle? Angst, sie könnten ein falsches Wort sagen? Würden sie einer unbekannten Burgerverkäuferin sofort eine Niere spenden?«

»Du bist ein, wie sagt man: *strange guy*?«

»Komischer Typ.«

»Du bist ein komischer Typ.« Sie strahlte ihn an.

»I know.«

Dass er es auf Englisch sagte, bedeutete dies und das, darüber hat Benjamin Lee Baumgartner später eigentlich nie nachgedacht.

»Sollen wir uber den Kanal gehen? Hinter der Brucke kenne ich eine kleine Bar. Und dann können wir zur Themse hinunter spazieren.«

»Mir ist jeder Weg recht, solange er in dein Bett führt. Oder soll ich, damit es romantischer klingt, sagen: in deine Arme? In dein Herz? Oder sag ich nur Bett, damit es lustig klingt, ironisch, blödmannmäßig, weil ich gerade zu Tode darüber erschrecke, dass ich mich schon längst in dein Herz verirrt habe. Ich habe nämlich einen sehr schlechten Orientierungssinn. Das Letzte, was ich jetzt brauchen kann, ist tagelanges Herumirren zwischen deinen Herzkammern, ein ermüdender Kranzgefäßmarathon, weil ich einmal die falsche Herzklappe genommen habe«, hätte er fast gesagt, sagte aber nichts, sondern schlug einfach den Weg in Richtung Brücke ein, und fast hätte ihn ein Autobus überfahren, weil er in die falsche Richtung blickte.

»Du bist ein jaywalker.«

»Ein was?«

»Ein Hans whatshisname?«

»Guckindieluft.«

»Du bist ein Hans Gückindielüft!«

»Die spongiforme Gehirnerweichung, welche seit kurzem die Weltbevölkerung mit der Ausrottung bedroht, weil die zu Futtermittel zerriebenen Schafe zuerst die Kühe verrückt machen, um dann die mit Rindern gefütterten Menschen mit Gehirnerweichung zu bestrafen, muss sich im menschlichen Hirn in rasendem Tempo ausbreiten, denn es ist noch keine Stunde her, seit du mir den Burger gefüttert hast, und schon begreife ich den Windhauch des haarscharf vorbeischrammenden Busspiegels als zärtliche Geste«, hätte er fast gesagt.

»Danke«, sagte er in Wahrheit nur, nachdem sie ihn sanft am Arm genommen hatte, ihn mit einer kaum spürbaren Geste zur Vorsicht gemahnt, ihn daran gehindert hatte, in den Bus zu rennen, so wie sein Vater, der in Simbach in einen Postautobus gerannt war, zwei Jahre ungefähr oder genau nachdem ihn eine deutsche Touristin aus Pojoaque verschleppt und ihren Sohn Benjamin Lee zur Welt gebracht hatte. »Du hast mir das Leben gerettet.«

Leider dauerte ihre Berührung nur eine Sekunde lang, eineinhalb, vielleicht zwei. Lebenretten geht sehr schnell, ein, zwei Sekunden hatte sie nur für Lebenretten gebraucht, und jetzt war sie wieder weg, die Hand, der Bus war auch weg, und er hätte fast gesagt, dass er diesen Bus liebte, weil er ihm diese Berühung eingetragen hatte, aber Benjamin Lee Baumgartner dachte Folgendes. Man soll nicht schleimen. Mit solchen Äußerungen schlägst du sie nur in die Flucht, du hast augenblicklich ausgeschissen, wenn du es übertreibst, lass dir Zeit, du hast diesen Fisch an der Angel, gib Leine, entspann dich, vergeige es nicht, sprich wenig, dann wird sich alles entwickeln.

»Du bist ein komischer Typ, weil du so wenig sprichst«, lachte sie, während sie über die Brücke gingen. »Hast du keine Freundin?«

»Und du?«

»Ich spreche viel. Weil ich mein Deutsch uben muss. Sonst spreche ich nicht so viel. Nein, stimmt nicht, ich spreche immer viel. Aber nicht *so* viel.«

»Ich meinte nicht, ob du viel oder wenig sprichst. Sondern ob du einen Freund hast.«

»Neugier hat die Katze ümbringen.«

»Umgebracht.«

»Ümgebracht.«

»Ich spreche normalerweise mehr«, behauptete der von dieser Antwort etwas beunruhigte Benjamin Lee Baumgartner. »Aber da ich noch nie verliebt war, kann ich mit der neuen Situation noch nicht umgehen.«

»Wieso warst du noch nie verliebt? Wie alt bist du?«, fragte sie, während sie über die Brücke gingen.

»Ich bin schon zwölfmalhalbverliebt alt.«

»So alt?«

»Findest du das alt?«

»Und noch nie richtig verliebt?«

»Vielleicht warst du auch noch nie verliebt. Viele Menschen glauben, dass das, was sie sind, verliebt ist. Nachher verlieben sie sich richtig, dann merken sie erst, das war vorher nichts, das war nur Kinderlulu.«

»Kinder loo loo«, lachte sie.

»Luuuuuluuuuuu.«

»Looooooooooloooooo.«

»Luuuuuluuuuuuuuuuuu.«

[HIER NOCH LONDON-ATMOSPHÄRE EINBAUEN. LEUTE. AUTOS. HÄUSER. 1988. THE BLICK FROM THE BRIDGE.]

»Looooooooooooo! Looooooooooooo!«

»Luuuuuuuuuuuuuuuuuuuuu!«

»Loooooooooooooooooooooooooooo!«

In dieser Sprache unterhielten sie sich mehrere Minuten oder Jahre lang ungefähr oder genau, und es gab nie ein Missverständnis oder eine Meinungsverschiedenheit zwischen ihnen.

Benjamin Lee Baumgartner aber war noch nicht reif für das Paradies und zerstörte es, indem er sagte: »Wenn man uns zuhört, könnte man glauben, die Gehirnkrankheit ist schon voll ausgebrochen.«

»Du fuhlst es schon?«

»Ich glaube, es ist sehr ähnlich. Vielleicht kann man es gar nicht unterscheiden, ob man verliebt oder Opfer der schwammförmigen Gehirnerweichung ist.«

»Nein, das ist ganz verschieden. Dass man verliebt ist,

merkt man daran, dass die Sinne schärfer sind. Die Geruche sind intensiver. Man hat eine dunnere Haut. Man fuhlt alles besser, die Farben sind schöner, alles bekommt eine größere Intensität, man geht nicht nür zwei Minüten uber eine Brucke, fur die Verliebten ist jeder Schritt wie zwei Minüten, man geht ewig uber eine Brucke«, sagte sie, während sie schon verdächtig lange über die sehr kurze Brücke gingen.

»Und so fühlst du dich jetzt?«

»Nein, ich bin nicht verliebt. Du bist so albern wie Kinderlulu.«

»Kinderlulu ist nicht albern. Kinderlulu ist eine ernste Angelegenheit.«

»Aber du bist albern!«

»Und wie fühlt es sich an, wenn man die Gehirnerweichung hat?«

»Gehirnerweichung fuhlt gar nicht an! Man wird nür verruckt. Man weiß nicht, wie es anfuhlt. Gehirnerweichung kann man nür von außen betrachten, der Erweichte kann nicht mehr berichten.«

»Ich glaube, du hast falsch beschrieben, wie man erkennt, dass man verliebt ist. Intensivere Gefühle. Das ist Kinderlulu. Würzigere Gerüche, buntere Farben, alles Kinderlulu! Das Bemerkenswerte ist hingegen, dass einen das Rundherum überhaupt nicht interessiert. Man wird blind und taub für alles rundherum. Und der Verliebte kann erst recht nicht berichten! Eher kann noch die gehirnerweichte Kuh berichten. Es ist für Verliebte ganz egal, worüber man redet. Man kann über alles reden, denn das Reden ist nur, weil noch kein Bett da ist. Es ist scheißegal, worüber man redet, alles ist gleich interessant, und darum kann man über alles reden, über das Langweiligste, sogar über eine Rinderkrankheit.«

»Du findest es also uninteressant, was ich spreche? Dass die Menschheit ausgerottet wird durch schwammförmige Gehirnerweichung, ist dir egal? Dass man tote Schäfe zu Futter fur Kuhe zerreibt, obwohl die Kuhe vegetarisch sind, ist dir egal? Dass die Krankheit von den Schäfen zu den Kuhen geht, obwohl es eine Gattungsgrenze gibt, und somit auch zu den Menschen gehen kann, ist dir egal?«

»Im Moment ist mir das scheißegal. Da ich verliebt bin, ruhe ich vollkommen im Augenblick und könnte ewig auf dieser Brücke neben dir hergehen, denn ich finde alles interessant, was du sagst.«

»Du lugst wie gedrückt, ohne rot zu werden.«

»Nein, es ist viel komplizierter. Auch das Uninteressante, das du sagst, finde ich interessant.«

»Das ist eine Beleidigung.«

»Ich weiß«, lachte er.

»Wohin gehen wir uberhaupt?«

»Diese Brücke ist sehr kurz, sie führt nur über den sehr schmalen Kanal, und wir gehen schon so lange darüber«, sagte Benjamin Lee Baumgartner. »Das ist vielleicht, weil wir verliebt sind.«

[BESCHREIBUNG DES BLICKS VON DER BRÜCKE UND DER LEUTE AUF DER BRÜCKE EINFÜGEN]

»Du hast mir noch immer nicht gesagt, wohin dein Ring verschwunden ist.«

»Wenn ich es dir sage, versprichst du mir, dass du trotzdem mit mir was trinken gehst?«

Und er erzählte ihr, dass er den Ring verkauft hat, weil er sich blöd vorgekommen wäre, so ganz ohne Geld, und er wollte nicht gleich den schlechtestmöglichen Eindruck auf sie machen.

Sie sagte nichts.

Sie sagte

nichts

nichts

Benjamin Lee Baumgartner war froh, dass sie nichts weiter dazu sagte.

Aber sie hätte auch nicht gleich völlig verstummen müssen.

Er fürchtete, dass sie am Überlegen war. Möglicherweise überlegte sie. Sie überlegte womöglich. Und dann sagte sie etwas Unvorteilhaftes. Oder stellte Fragen.

»Und woher hattest du den Ring?«, fragte sie.

Mit Fragen ging immer alles los. Man musste sofort entscheiden, ob man die Wahrheit sagen sollte oder ob man eine Wahrheit erfinden sollte. Oft richtete man mit Wahrheitsagen ein Unglück an, das weiß niemand so gut wie ein Skrupelkranker. Aber Wahrheit erfinden war auch so eine Sache. Dafür hatten nicht alle Menschen Verständnis.

»Der Ring hat meinem Vater gehört. Es war ehrlich gesagt das Einzige, was ich von ihm besaß. Aber es hat mir nichts ausgemacht, ihn zu verkaufen. Erstens hat er mir nicht gefallen.«

Weil sie immer langsamer ging, ihren Schritt verzögerte, beinahe zum Stillstand kam, ging er einen Schritt voraus und drehte sich flink so, dass er ihr rückwärtsgehend weiter ins Gesicht schaute, stolperte vor ihr her und versuchte sie zu beruhigen, indem er seine ringlosen Finger vor ihren Augen spreizte, als wäre es offensichtlich, dass an seiner Hand nichts fehlte.

»Und zweitens?«

»Was zweitens?«

»Du hast gesagt, erstens hat dir der Ring nicht gefallen.«

Benjamin Lee Baumgartner hatte aber nicht *erstens* gesagt, weil er noch etwas Zweites oder gar Drittes im Sinn hatte, sondern nur, weil man eben manchmal *erstens* sagt. Doch um diese Zählzwangfrau endlich von dem Thema abzubringen, sagte er so schnell, wie er noch nie geredet hatte:

»Zweitens ist man doch irgendwie eine Witzfigur als Mann mit Silberring, dieser Typ bin ich doch gar nicht. Drittens schenkt jeder Idiot seiner Geliebten einen Ring, da ist es doch einmal etwas Besonderes, einen Ring abzulegen als Zeichen ewiger Verbundenheit. Viertens kann ich mir jetzt vorstellen, dass der Geist meines Vaters mich unterstützt bei deiner Eroberung, denn so etwas kann nie schaden.«

»Die ersten Symptome der schwammförmigen Gehirnerweichung sind Bewegungsstörungen«, sagte sie, weil er so händeringend vor ihr herstolperte, dass schon die anderen Leute, die Feierabend hatten und gehirnerweicht von der Arbeit nach Hause trotteten, auf sie aufmerksam wurden. »Die kranken Tiere straucheln und stolpern uber die eigenen Beine.«

Dann drehte sie sich um und ging einfach in die Gegenrichtung davon.

Kaum hat man ein paar Schritte in die Gegenrichtung gemacht, erscheint sie einem schon als die normale Richtung, während die vorherige Richtung der Vergangenheit angehört und zur Gegenrichtung degradiert wird, fiel Benjamin Lee Baumgartner auf, während er ihr nachrannte.

Die Peinlichkeit, wie ein Hündchen hinter ihr herzuhecheln, war ihm nicht unangenehm, denn von hinten sah sie noch besser aus als von der Seite. Doch als er zu ihr aufgeschlossen hatte, musste er zugeben, dass sie von der anderen Seite sogar noch besser als von hinten aussah, während sie, wie ihm sofort klar wurde, als er sich im Überholen, rückwärts weiterstolpernd, ihr zuwandte, von vorn noch besser als von der Seite aussah, doch indem er seine Kreisbahn fortsetzte, musste er zu seiner großen Überraschung feststellen, dass sie von der Seite noch einmal besser als von vorn aussah, am meisten musste er aber staunen, dass sie von hinten abermals weitaus besser als von der Seite aussah, bis er im Aufholen begriff, dass sie von der Seite deutlich besser als von hinten aussah, aber am besten sah sie doch eindeutig von vorn aus, wie ihm sofort klar wurde, als er sich im Überholen rückwärts weiterstolpernd ihr zuwandte.

»Hey!!! Beruhig dich! Was bist du für ein Idiot?«

Ihre Stimme brachte ihn zur Besinnung, und er überlegte kurz, ob er sein Gehirn nicht rechtzeitig, bevor es völlig aufgelöst war, der Wissenschaft zur Verfügung stellen sollte.

»Ich hab mich gerade ein bisschen verrannt.«

»Was ist los mit dir?«

»Wie in einer ewig aufwärtslaufenden Kreisbahn des Malers Escher siehst du von der Seite netter aus als von vorn, von hinten netter als von der Seite, von der anderen Seite netter als von hinten, von vorn netter als von der anderen Seite, und so geht es dahin in einem sich ewig hochschaukelnden Paroxysmus, ähnlich der vernichtenden Kettenreaktion eines epileptischen Anfalls, ein Gefühl der Unendlichkeit stellt sich ein, als hätte man es gewagt, das Tarski'sche Verbot der Vermischung von Objekt- und Metasprache zu übertreten«, hätte er fast gesagt. Denn das einzige Buch, das er auf seiner Englandreise dabeihatte, war ein dünnes Bändchen über den polnischen

Mathematiker Tarski, der die Welt vor der Gehirnauflösung bewahrt hatte, indem er verbot, dass man Sätze mit Sätzen füttert. Aber Benjamin Lee Baumgartner wusste, dass er augenblicklich ausgeschissen hätte, wenn er sich als studentischer Angeber verraten, als philosophischer Schwätzer und Fremdwörterbuchblätterer enttarnen und mit seinem Lieblingsthema, dem Verbot der Vermischung von Objekt- und Metasprache, aufzugeigen versuchen würde.

Darum sagte er nur:

»Was soll los sein?«

»Dein Vater ist tot, und du verkaufst seinen Ring? In so einen Mann könnte ich nie verlieben!«

»*In so einen Mann könnte ich* mich *nie verlieben.*«

»Richtig!«, sagte sie und marschierte weiter.

»Warum rennst du weg?«

»Wir mussen den Ring zuruckkaufen.«

»Nein, bitte nicht!«, rief Benjamin Lee Baumgartner. »Ich bin ein großer Gegner südländischer Leidenschaft. Ich finde es nur optisch gut, die schwarzen Haare, die zarte Körperlichkeit, die blitzenden Zähne, die schamlosen Lippen, das ist alles gut. Das kritisiere ich auch nicht. Aber leidenschaftliche Sachen, wie plötzlich auf einer Brücke kehrtmachen wegen dem kleinsten Scheiß, das ist mir total unangenehm.«

Und so kam es, dass sie sich, weil keiner von ihnen nachgeben wollte, mitten auf der Brücke ans Geländer lehnten und ins Wasser hinabblickten. Und weil es egal war, worüber sie sprachen, sagte Benjamin Lee Baumgartner: »Frag mich was.«

»Mir fällt nichts ein.«

»Irgendwas.«

»Weißt du eigentlich, dass du ein bisschen aussiehst wie der Indianer in dem Film *One Flew Over the Cuckoo's Nest*?«

»Nein, das höre ich zum ersten Mal.«

Sie machte einen Schritt auf ihn zu und blickte ihm von unten tief in die Augen. Er hörte, wie die Luft zwischen ihren auf wechselseitige Wärmespürdistanz angenäherten Gesichtern laut zu knistern anfing, und wartete darauf, dass hinter diesen hysterischen Kussvorboten, die mit *pomp and circumstances* sein Kussvergnügen ankündigten, sogleich der erste Kuss einherschreiten würde, bis er einsehen musste, dass er sich getäuscht und die Hamburgerverkäuferin ihm den Blick mit ganz anderen Absichten gesandt hatte.

»Aaaaaaahhh!«, machte sie mit einer erschreckend tiefen Stimme, als würde sie gerade bei einem der Theater an der Shaftesbury Avenue für eine Rolle vorsprechen, senkte langsam und bedrohlich den Kopf, rollte ihre zarten Schultern nach vorn, womit sie wohl signalisieren wollte, dass sie ein bulliger Riese war, und knurrte genüsslich: »Juicy fruit!«

Seit der Schulzeit war Benjamin Lee Baumgartner davon genervt, dass immer wieder einmal jemand auf die originelle Idee kam, ihm die ersten Worte an den Kopf zu werfen, mit denen mitten im Film *Einer flog über das Kuckucksnest* der vermeintlich stumme Chief Bromden sich bei Jack Nicholson für das Kaugummigeschenk bedankt. »Ah, Fruchtgeschmack«, war die Version, die er bisher kannte, und es war ja wirklich eine super Szene, wie der Stumme mitten im Film plötzlich »Ah, Fruchtgeschmack« sagt, doch Benjamin Lee Baumgartners Antwort auf diese Witze war noch nie besonders freundlich ausgefallen.

Jetzt aber tat er zum ersten Mal wem den Gefallen und antwortete dieser Dreikäsehochversion des Chief: »Du bist also gar nicht stumm?«

Der kleine Chief strahlte ihn an und schüttelte sehr langsam den Kopf.

»Kannst du mich denn auch hören?«, fragte Benjamin Lee Baumgartner den Chief.

»You bet!«

Mitten in London auf einer Brücke stehen. Filmdialog sprechen. Von zwei strahlenden Augen angehimmelt werden. Benjamin Lee Baumgartner hatte den Eindruck, dass ein besserer Moment für einen ersten Kuss nicht mehr kommen konnte. Ihn verstreichen zu lassen war eine Todsünde, die er begehen musste, weil sich der Kaugummigeschmack in seinem Hirn festgesetzt hatte. Er wollte nicht an den Geschmack eines Wrigley-Kaugummis denken, wenn er sie zum ersten Mal küsste. Denn Benjamin Lee Baumgartner war traumatisiert davon, dass mindestens drei der zwölf Halbverliebtsituationen mit der mädchenhaften Kussverfehlung Nummer eins verbunden waren. Allzu häufig kam es in dieser Welt vor, dass der im Mädchenmund wohnende Kaugummi nicht rechtzeitig ausgespuckt, sondern irgendwo zwischen Zahnfleisch und Backfischbacken gehamstert und für späteres Weiterkauen aufgespart wurde. Deshalb blickte er sie nur an und entschied sich für weiteres Abwarten, bis die Erinnerung an den Fruchtgeschmack wieder verklungen war.

»Was fur ein Indianer war dein Vater?«, fragte sie wieder mit ihrer normalen Stimme.

»Halb Hopi, halb Navajo.«

»Schon wieder halb. Du bist halb, er war halb.«

»Ja, aber er war mehr Navajo. Mir wäre lieber, er wäre nur Navajo. Bei Hopi kennen immer alle dieses Scheißbuch über die Sprache der Hopi-Indianer.«

»Ich kenne es nicht.«

»Dass sie keine Zeitwörter haben und deshalb kein Zeitgefühl.«

»Ja, doch, das habe ich auch schon gehört. Und die Eskimos haben tausend Worte fur Schnee.«

»Genau. Es ist ein alter Hut«, sagte er grantig.

»Aber es kann kein alter Hüt sein.«

»Warum nicht?«

»Wenn es keine Zeit gibt, kann der Hüt nicht alt werden.«

Benjamin Lee Baumgartner war sehr erfreut über diesen Scherz, zeigte es aber nicht, denn er hatte schon einen anderen Satz auf der Zunge liegen: »Und diesem Schwachsinn verdanke ich mein Leben! Meine Mutter ist nämlich wegen diesem Buch hingefahren zu den Hopi-Indianern. Sonst wäre ich gar nicht da.«

»Dann ist das Buch doch kein Schwachsinn. Vielleicht nur fur dich geschrieben! Womöglich stimmt auch das mit der Zeit, und wir sind zu dumm.«

»Das ist alles längst widerlegt. Jeder Mensch kann doch sagen, ob etwas vorher oder nachher ist. Vorher füttert man die Schafe an die Kühe. Nachher werden sie verrückt. Nicht umgekehrt!«

»Ümgekehrt stimmt es aber auch. Die Menschen sind verruckt, dass sie Schäfe an die Kuhe futtern.«

[LONDON. LEUTE. HÄUSER. UND WIE DIE SONNE UNTERGEHT – ALS KOMMENTAR ZUR ZEITDISKUSSION!]

»Reden wir was anderes. Dieses Hopi-Thema macht mich aggressiv.«

»Aber es wäre schön, wenn es keine Zeit gäbe.«

»Es ist unvorstellbar. Also kann es auch nicht schön sein.«

»Ist das der korrekte Konjunktiv: *gäbe?*«

»Gäberte.«

»Es wäre schön, wenn es keine Zeit gäberte«, sagte sie.

»Warum wäre das schön?«

»Wenn es keine Zeit gäberte«, sagte die schöne Prinzessin Spuckindenfluss, »dann musste ich nicht ubermorgen nach Hause fliegen.«

»Nach Hause?«, sagte Benjamin Lee Baumgartner. »Wie lange bleibst du?«

»Ist *immer* auch ein Zeitbegriff?«

»Wann kommst du zurück?«

»Ist *nie* auch ein Zeitbegriff?«

»Quatsch!«

»Kein Quatsch. Und deshalb darfst du nicht in mich verlieben, und ich darf nicht in dich verlieben, denn ich bin dann weg fur immer. Und dort werde ich heiraten meinen Freund Jeff und Kinder kriegen.«

»Ich werde meinen Freund Jeff heiraten. Nicht: *Ich werde heiraten meinen Freund Jeff.«*

»Ja.«

»Das ist eine gute Frage, ob *immer* ein Zeitbegriff ist. Das wird sich vielleicht *nie* ganz klären lassen«, sprach er weiter, vielleicht in einer Art Schockzustand oder einfach, weil er nicht neben der Frau, die ihm das verrückte Rindfleisch gefüttert hatte, in den Kanal weinen wollte, auch nicht in den Kanal springen, sondern weil er dachte, ich muss mich verhört haben, mir fehlen die Begriffe, ich habe zu spät erfahren, dass ich mich nicht verlieben darf, die Warnung wurde nach meiner Verhaftung zu spät ausgesprochen, wird vor dem Gesetz nicht anerkannt.

»Ich kann deine Mutter verstehen. Im Moment wunsche ich auch, dass es keine Zeit gäberte. Seit einem Jahr bin ich in London, und zwei Tage vor meiner Abreise lerne ich einen Mann kennen, der nett aussieht und nür ein bisschen blöd ist. Es ist nicht so schlimm, denn ich bin nicht in ihn verliebt. Aber wir hätten Spaß haben können.«

»Hätten, hätten, hätten! So I'm your man hätten.«

»My what?«

»Nichts.«

»Manhattan? Das ist ein sehr, sehr, sehr schlechtes Wortspiel. Es schmerzt mich hier«, sagte sie und zeigte auf ihre Brust. »Es ist mir peinlich fur dich. Wenn ich verliebt wäre, ich wurde sofort entlieben. Ich danke dir vielmals!«

»Wenn man sein Leben einer falschen Theorie verdankt, kann man vielleicht nur ein *man hätten* werden.«

»Ein Leben? Von einer Theorie? Ich dachte, Leben kommt davon, dass man du weißt schon was macht. Nicht von einer Theorie.«

Aber hätte das Buch über die Sprache der Hopi-Indianer meine Mutter nicht so begeistert, wäre sie nicht auf die Idee gekommen, in den Ferien in München zu arbeiten, um dorthin reisen zu können. Es war eine andere Zeit, Hippiezeit, meine Mutter war ein Hippiemädchen.«

»Ich bin auch ein Hippiemädchen.«

»Papperlapapp!«

»Papperlapapp!«

»Und wäre sie nicht hingeflogen, hätte sie nicht mit dem erstbesten Hopi-Indianer du weißt schon was gemacht.«

»Nur halb Hopi.«

»Ja, halb.«

»Du bist ein, what's a *mongrel*?«

»Ein Straßenköter, genau.«

»Du bist ein Straßenköter.«

»Danke vielmals.«

»Nein, du bist schlimmer. Ein German Indian mit einem schlechten Zeitgefuhl, der ein Jahr zu spät bei mir auftaucht.«

»Du siehst gut aus, doch du spuckst ins Wasser, das ist nicht der Inbegriff anmutigen Mädchenverhaltens. Aber bei dir sieht es gut aus. Es ist sogar so, dass man den Kanal beneidet.«

»Dann bist du ein – *pervert*?«

»Perversling.«

»Ich finde es blöd, dass ich seit einem Jahr in London bin, aber zwei Tage vor meinem Heimflug taucht erst das Perversling auf. Ich hätte mein Deutsch viel verbessern können, wenn ich öfter mit dir getroffen hätte.«

»Ich mich.«

»Du mich auch!«, antwortete sie mit einem frechen Blitzen in ihren Augen.

Um seine Überraschung zu überspielen und um zu überprüfen, ob sie es wirklich so gemeint hatte, antwortete er ebenfalls: »Du mich auch!«

»Du mich auch!«

»Du mich auch!«

»Du mich auch!«

Er musste lachen über den kämpferischen Blick, den dieser magere Turnschuhzwerg auf einmal aufgesetzt hatte.

»Du mich auch!«

Oder lachte er nur, um darüber hinwegzutäuschen, dass er sich vor ihrem Kampfgeist fürchtete, mit dem sie ihm hier aus nichtigem Anlass die Stirn bot?

»Du mich auch!«

»Du mich auch!«

»Du mich auch!«

»Du mich auch!«

»Du mich auch.«

»Du mich auch.«

»Du mich auch.«

»Du mich auch.«

Obwohl sie sehr lange mit dieser Unterhaltung zufrieden waren, kann man es doch nicht ewig machen, und nach einiger Zeit fiel ihnen wieder ein, was sie zuvor besprochen hatten.

Sie hatte ihren Heimflug erwähnt. Von einem Moment auf den anderen schien sie sich wieder daran zu erinnern und sagte sehr ernst: »Wir legen uns im Park kurz in die Abendsonne, nachher trennen sich unsere Wege. Es hat keinen Sinn, Dinge zu beginnen, die nur schlecht ausgehen können.«

»Da stimme ich dir vollkommen zu«, sagte Benjamin Lee Baumgartner. »Bis zum heutigen Tag war ich der Überzeugung, dass die Liebe eine boshafte Erfindung ist, mit der sich die Menschen gegenseitig fertigmachen. All diese Filme, mit denen man aufgehetzt wird! All diese Lieder, mit denen wir eingepeitscht werden! Das ist doch brutaler als die Wehrpflicht! Die Liebespflicht! Wusstest du, dass die Liebesfilm- und Liebeslied-Industrie ein höheres Budget als die Armee hat? Ich betrachte das politisch.«

»*Ich betrachte das politisch*, weil ich ein größter Klügscheißer bin.«

»Warum wird so viel Geld ausgegeben, um uns das einzureden? Dabei kann man mit einem kühlen Kopf viel besser leben.«

»So denkst du aber nur, weil deine Mütter dich mit einem Indianer gemacht hat. Das hat bestimmt viele Schwierigkeiten gebracht. Und jetzt willst du mehr rational sein als reine Deutsche. Du willst der Süperdeutsche sein.«

»Leider sprichst du hier Unfug. Meine Mutter war typisch deutsch, indem sie beschloss, bei den Hopi zu leben.

Zu den Indianern fliegen und Schamanismus machen, das ist typisch deutsch.«

»*Unfug.*« Sie ließ sich das neue Wort auf der Zunge zergehen. »Leider sprichst du hier *Unfug.*«

»Indem du meinen Tonfall nachäffst, sprichst du das Wort perfekt aus«, sagte er. Fragte sich aber, ob es nicht doch nur seine Ohren waren, die sich ihr schon komplett ergeben hatten und keinen Unterschied mehr hören konnten.

»Ich konnte gar nicht Unfug sprechen, weil ich nicht das Wort *Unfug* gekannt habe. Aber ich werde jetzt wieder Fug sprechen.«

»*Fug sprechen* gibt es nicht.«

»Man kann nur Unfug sprechen?«

»Ja, nur Unfug.«

»Vielleicht du kannst nur Unfug sprechen. Ich kann nur Fug sprechen?«

»Es ist egal, was wir sprechen. Wenn man verliebt ist, kann man über alles sprechen, es geht nur darum, die Zeit herumzubringen, bis man wieder du weißt schon was machen kann.«

»Dem ersten Teil deiner Aussage stimme ich zu«, sagte sie. »Wenn man verliebt ist, kann man reden uber Egaldinge. Es ist alles gleich interessant, weil es aus dem verliebten Mund kommt. Oder besser gesagt: in die verliebten Ohren. Das andere, was du sagtest, ist Unfug. Es geht nicht darum, die Zeit herumzubringen, bis man wieder du weißt schon was machen kann. Sondern das Sprechen selbst ist schon du weißt schon was.«

»Das stimmt. Das stimmt. Das stimmt. Das stimmt. Das stimmt. Das stimmt. Das stimmt«, sagte Benjamin

Lee Baumgartner und fasste sich ein Herz. Und so still und unauffällig, als würde er sie gar nicht auf die Lippen küssen, sondern als informierte ein schmierestehender Ganove die an den Vitrinen arbeitenden Schmuckdiebe mit einem gerade noch unterhalb der Alarmschwelle liegenden, praktisch unhörbar trockenen Lippengeräusch über das Herannahen des Nachtwächters, so kurz und flüchtig, als würde er sie gar nicht küssen, sondern als müsste ein zweihundertjähriger Butler mit dem trockenen Geräusch seiner wächsernen Lippen einen mitternächtlichen Geist in die Flucht schlagen, als würde er sie gar nicht küssen, sondern als müsste ein Teilnehmer an einem neurophysiologischen Experiment trotz seiner durch eine Fehlsichtigkeitsbrille künstlich herbeigeführten Schasäugigkeit versuchen, mit seinen Lippen das Lippensymbol an der Laborwand zu treffen, als würde er sie gar nicht küssen, sondern als müsste ein weltberühmter Tontechniker in einer allerletzten Feinabstimmung vor der alles entscheidenden Meisterwerkaufnahme testen, welchen Pegel allerfeinste, allertrockenste, direkt auf das Mikrophon gedrückte Lippengeräusche erreichen, als würde Benjamin Lee Baumgartner die namenlose Burgerverkäuferin gar nicht küssen, sondern als wäre er eine an Händen und Füßen gefesselte, allein in einen Tresorraum gesperrte Geisel, und dieser einsame Gefesselte musste gerade feststellen, dass er doch nicht allein, sondern zusammen mit einer lästigen Fliege eingesperrt war, die er nur mit einem Kussgeräusch verscheuchen konnte, das aber keinesfalls zu heftig ausfallen durfte, weil sonst der ganze Sprengstoff losging, den man ihm umgehängt hatte, oder war die Zärtlichkeit, die der Gefangene in den Fliegenkuss legte, schon ein erstes Symptom des Stockholm-Syndroms und die Geisel auf dem besten Weg, sich in die folternde Fliege zu verlieben, als würde Benjamin Lee Baumgartner die namenlose Burgerverkäuferin keineswegs küssen, sondern als wäre es der Rinderwahn, der ihn zu diesem unmotivierten Kopfzucken zwang, küsste er sie so kurz und flüchtig auf die Lippen, dass schon im nächsten Moment nicht mehr ganz sicher war, ob er es getan hatte.

Dieser Zweifel regte sich bei ihm vor allem, weil sie überhaupt nicht reagierte, kein Wort dazu sagte, also einfach so tat, als wäre nichts geschehen. Die Indizien – Augen aus großer Nähe gesehen, Lippenphantomschmerz, ganzkörperlicher Starkstromunfall, Gehirn zu fünfzig Prozent zerstört – sprachen zwar dafür, dass er doch kurz punktgenau auf ihrem Gesicht gelandet war. Da sie aber weder etwas sagte noch sonst eine Reaktion zeigte, sah er sich nun doch dazu gewungen, das Getane mit Worten zu begreifen, nicht dass es ihm erging wie dem Hopi-Indianer mit der Zeit oder dem Nicht-Eskimo mit dem fünften Schnee von links und er wortlos einem geküssten Kuss gestattete, sich zu einem ungeküssten Kuss zu verwandeln, und es so dem besten Moment seines bisherigen Lebens ermöglichte, sich in die Zeit- und Sprachlosigkeit zu verkrümeln.

»Da du behauptet hast, das Reden sei schon du weißt schon was, durfte ich dich ohne weiteres kurz küssen, was ja folglich weniger als unser Reden ist«, lachte Benjamin Lee, der deutsche Indianer, verschmitzt, als hätte er zu tief ins Feuerwasser geblickt.

»Erstens habe ich mich nicht beklagen, und zweitens

habe ich nicht gesagt, dass unsere Unterhaltung du weißt schon was ist, sondern ich habe gesagt: Die Unterhaltung von Verliebten ist du weißt schon was.«

»Es stört mich nicht, dass du humorlos bist«, sagte Benjamin Lee Baumgartner, »aber im Lauf einer langen Ehe wird es mich vielleicht irgendwann zu stören anfangen.«

»Und deine Eltern? Waren sie verheiratet?«

»Nein, nur humorlos«, sagte er und musste laut über seine Bemerkung lachen.

»Du lachst uber deinen eigenen Witz«, sagte sie. »Das ist dein Humor?«

»Verliebte dürfen alles«, sagte Benjamin Lee Baumgartner, »vor allem über eigene Witze lachen. Und man erkennt die traurigen Unverliebten daran, dass sie nicht über die eigenen Witze lachen.«

»Unfug!«

Da er noch ein bisschen lachte, schob sie ihm eine weitere unangenehme Frage in den Rachen. »Deine Mutter ging wieder zuruck nach Deutschland? Kennst du deinen Vater gar nicht?«

»Meine Mutter hat den Indianer nach Bayern mitgenommen. Sie hat es ernst gemeint, aber der Indianer war nicht glücklich.«

»Du kannst nicht *der Indianer* sagen, wenn du von deinem Vater sprichst. Warum war er nicht glucklich?«

»Ihm war zu kalt.«

»Das Wetter oder die Menschen?«

»Weiß ich nicht mehr.«

»Also ist er wieder nach Hause?«

»Er hat einen guten Freund gefunden, der ihn getröstet hat.«

»Oh, ich verstehe.«

»Nein, der gute Freund war das bayrische Bier. Dann ist er betrunken in einen Postautobus gelaufen.«

»Das ist sehr traurig«, sagte sie.

»Jaja.«

»Sag nicht *jaja*. Das ist sehr traurig!«

»Ja.«

»Wie alt warst du da?«

»Wenn ich als Deutscher antworte: zwei Jahre. Wenn ich als Hopi antworte: Ich weiß es nicht genau.«

»Du verbirgst deinen Schmerz hinter blöde Witze.«

»Nein, es gibt keinen Schmerz, weil ich mich nicht an ihn erinnere. Ich war ja zu klein. Und mein bayrischer Großvater war noch jung und sehr gut zu mir.«

[HIER NOCH EIN BISSCHEN LONDON-ATMOSPHÄRE EINFÜGEN – LEUTE UND FRISUREN UND MODE UND SACHEN. UND VORN EINFÜGEN, DASS SELBST DIE DISKRETEN ENGLÄNDER AUF SIE AUFMERKSAM WURDEN ODER SO.]

»Wir gehen jetzt zum Markt zuruck und kaufen deinen Ring wieder von der Händlerin. Oder ich gehe jetzt gleich weg und sage adieu. Das ist nicht sudländisches Temperament, sondern normale Erpressung.«

[LONDON]

»Es ist nur ein billiger Ring, kein uralter Indianerschmuck. Sondern Indianerkitsch! Industrieware!«

Aber sie ging voraus, und so lief er hinter ihr her und sagte sich: Auf dem Weg zum Ziel muss man den einen oder anderen Umweg akzeptieren. Und es war auch irgendwie schön, dass sie die Sache mit seinem Ring und seinem Vater so ernst nahm.

Die Schmuckhändlerin war aber nicht mehr da, denn es war viel mehr Zeit vergangen, als sie gedacht hatten.

»Morgen ist auch noch ein Tag«, sagte Benjamin Lee Baumgartner gleichgültig.

»Zücke nicht gleichgultig mit den Schultern. Morgen muss ich schon sagen: Morgen geht mein Flüg.«

»Es ist seltsam, dass wir für *shrugging* kein deutsches Wort haben und so umständlich sagen müssen: *Mit den Schultern zucken*«, hätte Benjamin Lee Baumgartner fast gesagt. »Wo es doch im Grunde kein Zucken ist. Es ist mehr eine schnelle Hebe- und Senkbewegung, nicht aber schnell genug, um von einem Zucken zu sprechen, das ja auch überhaupt nicht zu der Ratlosigkeit passen würde, zu der resignativen Gleichgültigkeit, zu der trotzigen Einsicht, die man richtigerweise mit einem kurzen Anheben und Sinkenlassen der Schultern zum Ausdruck bringt, nicht aber mit einem nervigen Zucken.«

»Woran denkst du?«

»Zucken ist doch eine wesentlich schnellere, reflexhafte Körperreaktion, das Zucken eines Augenlides oder das epileptische Zucken des Körpers, das wir in wenigen Stunden erleben werden, wenn unsere jungen, so gut zueinander passenden Körper sich in Verzückung derart ineinander verschlungen haben, dass wir nur noch durch diesen elektrischen Notausgang in einige Stunden normalen Lebens entkommen, die wir kurz für Nahrungsaufnahme und lebenserhaltende Maßnahmen nutzen können, bis es wieder so weit ist und die gepeinigten Körper sich abermals suchen und in Verzückung verschlingen und verheddern werden.«

»Warum sagst du nichts?« Sie rüttelte ihn wie einen kaputten Automaten, der wenigstens das eingeworfene Geldstück wieder zurückgeben soll. »Hey! Was ist los mit dir? Hast du einen Gehirnschlag?«

»Ich bin auf einmal unsicher, ob es im Deutschen heißt: *mit den Schultern zucken* oder *mit den Achseln zucken.*«

»Ich habe auch schon gelesen *mit den Achseln zucken.* Aber es klingt disgusting.«

»Ungustiös.«

»Ungustiös. Very very ungustiös! Ich muss immer an deutsche Frauen denken, mit Haare-Achseln! Stört dich das nicht?«

Benjamin Lee Baumgartner zuckte mit den Achseln.

Auch der Marktverkäufer vom Lederjackenstand zuckte mit den Achseln, als die entzückende Marktkollegin vom Burgerstand ihn fragte, wo die Schmuckverkäuferin mit den sympathischen Zahnlücken wohnte. Aber der Pakistani mit den gebrannten Nüssen zuckte nicht mit den Achseln. Er verdrehte die Augen. Er wusste es, und es war nicht einmal weit zu der Schmuckverkäuferin, die sie in seiner Augenverdrehrichtung finden konnten, wo sie zwar nicht wohnte, aber am Abend ihren Schmuck anbot, eine halbe Stunde von hier ungefähr oder genau. Und weil es nicht weiter war, schlug die unermüdliche Schatzjägerin vor, dass sie zu Fuß dorthin spazierten, um den Ring zurückzukaufen.

[LONDON-ATMOSPHÄRE – DANN BALD DIE LEUCHTSCHRIFTEN AUF DEN KRÄNEN DER BAUFIRMA MCALPINE, DIE IN DER HEREINBRECHENDEN DUNKELHEIT AUFLEUCHTEN, UND ER IST DOCH AUCH EIN MCALPINE USW. ALLES ERKLÄREN.]

»Ich glaub, das mit dem Ring lassen wir jetzt.«

»Es ist aber die einzige Möglichkeit. Heute war mein letzter Arbeitstag. Leider ist es fur mich nicht einfach, noch einmal hierherzukommen, weil mein Flug bald in Heathrow startet.«

»Ich schlage vor, wir reden jetzt nicht mehr von deinem Flug, denn es macht mich zornig, dass du die wenigen Stunden, die uns bleiben, mit diesem Thema vergeudest.«

»Aber du sagtest, wenn man verliebt ist, kann man uber alles sprechen.«

»Alles, außer Flug.«

Er wunderte sich selbst über den apodiktischen Tonfall, der mehr nach einem zornigen Kirchenvater klang als nach Benjamin Lee Baumgartner.

Es war aber kein sehr gläubiges Volk, das der Kirchenvater gescholten hatte, denn es maulte zurück.

»Es ist ein Zeichen der Verruckte-Kuhe-Krankheit, dass die infizierten Tiere Zornausbruche haben. Sie regen sich uber alles auf. Wie du! Sie stolpern komisch herum. Auch wie du.«

[LONDON 1988 LEUTE & FRISUREN & SACHEN]

»Langsam glaube ich, dass der Ring meines Vaters wirklich magische Kräfte hat«, sagte Benjamin Lee Baumgartner. »Seinetwegen folgen wir unserem Weg, unterwegs können wir uns am Wasser oder im Park küssen, du hast die Möglichkeit, meinem vom Schutz des Silberrings entblößten, in Scham und Nacktheit zitternden Finger unter dem Paisley-Muster deiner Bluse eine vorübergehende Behausung und Zuflucht zu gewähren.«

»Es stört mich nicht, dass du so viel Unfug redest. Aber im Lauf einer langen Ehe wird es mich vielleicht stören.«

»Du willigst also ein.«

»Es ist selten, dass ein Mann weiß, was ein Paisley-Muster ist«, lachte sie. »Außer schwüle Manner. Warum lachst du so blöd?«

»Weil du das ü genau an der falschen Stelle perfekt ausprichst. Aber das Paisley-Muster kenne ich nur, weil ich vorige Woche bei meiner Schottland-Reise das Paisley-Museum in der Stadt Paisley besucht habe.«

Sie runzelte die Stirn so sehr, als würde sie mit der Stadt Paisley die schlimmsten Erinnerungen verbinden. Benjamin Lee Baumgartner war aber fast sicher, dass sie nicht deswegen die Stirn runzelte, sondern nur, weil die untergehende Sonne, die seitlich hinter einer Hochhausbaustelle hervorkam, sie blendete. Es konnte aber auch sein, dass sie die Stirn nur runzelte, weil sie fand, dass sie dann interessant aussah, nachdenklich, was nicht unbedingt der Fall war, denn sie sah auch mit glatter Stirn sehr interessant und immer ein bisschen nachdenklich aus. Für Benjamin Lee Baumgartner sah sie sogar so unerträglich interessant aus, dass er sich beeilte, die Situation durch etwas Langweiliges erträglich zu machen.

»Nicht nur für *shrugging* haben wir im Deutschen kein richtiges Wort«, erklärte er. »Auch nicht für *frowning*. Zwei nicht unähnliche Wörter, die vergleichbare vorsprachliche Äußerungen bezeichnen. Für das Heben und Senken der Schultern, für das In-Falten-Legen der Stirn gibt es in deiner Sprache ordentliche, präzise Zeitwörter. Wir müssen umständlich sagen: *Warum runzelst du die Stirn?*«

»Rünzle ich die Stirn?«

»Du runzelst die Stirn so sehr, als wäre dir gerade aufgefallen, dass du doch in mich verliebt bist, dass es besser wäre, du gehst jetzt nach Hause und beginnst deine Sachen zu packen, bevor du dich hier verliebst und ein Problem hast.«

»Vielleicht bin ich nur mude«, sagte sie. »Ich habe den ganzen Tag gearbeitet. Mich brennt das Bein. Ich habe es gebrochen vor einem halben Jahr. Beim Eislauf.«

»*Mich brennt das Bein*«, wiederholte Benjamin Lee Baumgartner nachdenklich.

»Kann man das nicht sagen?«

»Doch, klar kann man das sagen.«

»Warum wiederholst du es dann so?«

»Es klingt irgendwie so nobel. Fast wie: *Mich brennt das Eingeweide.*«

»Das was? Das Eingeweih?«

»Ja, das auch«, hätte Benjamin Lee Baumgartner fast gesagt, »das Eingeweih schmerzt mich gewaltig.«

Aber er sagte nichts und lachte auch fast gar nicht.

»Lach nicht so blöd!«

»Ich lache nicht über dich. Ich lache über mich. *Eingeweide* ist ein altmodisches Wort, das musst du nicht kennen. *Mich brennt das Eingeweide* ist nur ein berühmtes Zitat von einem Dichter.«

»Goethe oder Schiller?«

»Ja, genau. *Es brennt das Eingeweide, nur wer die Sehnsucht kennt, weiß, was ich leide.*«

»Was heißt *Eingeweide*?«

»Die Innereien.«

»Die Innereien.«

»Wo du mir vorhin erklärt hast, dass man es bei den Kühen nicht essen soll. Wenn man nicht verrückt werden will.«

»Das Eingeweide. Brennt es, oder schmerzt es?«

»Ein brennender Schmerz.«

»Genau wie bei meinem Bein. Wir sollten doch ein Stuck mit der Metro fahren.«

»Oder wir gehen in den Park und legen uns ins Gras«, schlug er vor, denn sein Eingeweih schmerzte zu sehr, um noch bis zur U-Bahn-Station zu latschen.

[PARKATMOSPHÄRE EINFÜGEN. BÄUME UND LEUTE ETC. EVTL. VON BRUNO SCHREIBEN LASSEN. ODER VON HELGA, FALLS SIE SCHON WIEDER DA IST.]

Und weil es unbequem gewesen wäre, ihren Kopf in das Gras zu legen, legte sie ihn auf ihre Umhängetasche, und weil Benjamin Lee Baumgartner keine Umhängetasche hatte, legte er seinen Kopf vorsichtig in das Paisley-Feld. Und wegen der Verrücktheit begann er jetzt auch noch, das Gras von ihrer Paisley-Bluse zu fressen, so sanft und bewegungslos, dass sie es nicht bemerkte, denn er tat es nur mit den Augen, die mit Hilfe unzähliger messerscharfer Wimpernzähne durch das sanfthügelige Paisley-Feld pflügten und sich dumm und dämlich fraßen. Seine Gedanken glichen sich dabei so sehr den Verschlingungen des Paisley-Musters an, dass er es beinahe übersehen hätte.

Wie jemand, dessen Herz eine Sekunde stehengeblieben ist, schrak er auf und hatte das Gefühl, für einen Moment drüben gewesen zu sein in der gehirnerweichten Zone.

Und je weicher sein Gehirn wurde, umso härter bedrängte ihn der Schmerz seines Eingeweihs. Um den galoppierenden Fortgang der Gehirnerweichung etwas einzubremsen und sich vom Brennen seines Eingeweihs abzulenken, begann er, jede einzelne Farbe des Blusenmusters genau zu benennen, was wegen der vielen Zwischentöne so schwierig war, dass er darüber kurz sein Eingeweih vergaß.

»Wenn Whorfs Theorie stimmt, dass unsere Wahrnehmung von der Sprache diktiert wird, könnten Sprachgemeinschaften, die gewisse Farbwörter nicht besitzen, diese Farben nicht erkennen.«

»*Sprachgemeinschaften ...*« Sie ließ sich das Wort auf der Zunge zergehen. »Die deutsche Sprache hat sehr interessante Wörter. My favorite is *Durchfall.*«

»Und gerade anhand der Farbwörter konnte man ihn widerlegen.«

»*Widerlegen ... Durchfall ... Sprachgemeinschaft ... anhand ... Innereien ... Eingeweide.* Was ist widerlegt?«

»Das mit den Farben. Durch den Farbtest von Berlin und Kay. Es gibt Sprachen mit nur zwei oder drei Farbnamen. Aber die Leute waren im Test trotzdem nicht unfähig, die anderen Farben zu erkennen, wie Whorf geglaubt hat. Sie waren nur ein bisschen schlechter darin. Graduell!«

»Du bist sehr interessiert mit dieser Theorie.«

»Es ist nicht so einfach, damit zu leben, dass man sein Leben einer falschen Theorie verdankt.«

»Hast du eine Lieblingsfarbe?«

»Ich muss dich dafür kritisieren, dass du mein Problem nicht auf dem Niveau diskutierst, das ich mir von der Frau erwarte, der ich gerade meine Seele überlasse.«

»Als Kind war meine Lieblingsfarbe Blau.«

»Mach deine Augen zu, dann stelle ich dir eine Frage.«

»Hör auf mit diesem Unfug. Ich mache nicht meine Augen zu, und du darfst mich auch nicht wieder kussen wie vorhin auf der Brucke. Ich habe dir schon gesagt, warum nicht.«

»Ich will dich nicht küssen. Ich will dich schon küssen, ich schätze die Wahrscheinlichkeit, dass du mich innerhalb der nächsten fünf Stunden küssen wirst, mit einer achtzig- bis neunzigprozentigen Kusswahrscheinlichkeit sogar sehr optimistisch ein, jetzt aber will ich dir nur eine Rätselfrage stellen, die ganz harmlos ist.«

Und sie schloss die Augen, und er fragte sie, aus wie vielen Farben das Muster ihrer Bluse bestand.

»Hast du nichts Besseres zu tun, als die Farben auf einer Bluse zu zählen? Du bist wie Rain Man.«

»Wer ist Rain Man?«

»Du hast *Rain Man* noch nicht gesehen? Ein neuer Film mit Tom Cruise. Und Dustin Hoffman ist sein Bruder, ein Autist, der solche Dinge macht wie Sachen zählen. Du musst unbedingt sehen!«

»Für so etwas habe ich keine Zeit.«

»Aber du hast Zeit für Parkliegen und Farbenzählen.«

»Jetzt redest du noch groß, und in ein paar Stunden wirst du sagen: Er hat stundenlang über mein Paisley-Muster gesprochen, und zur Belohnung lege ich jetzt die Bluse ab und schlafe mit ihm.«

»Wenn dir die Bluse so gefällt, willst du nicht, dass ich sie dabei anbehalte?«

»Auf diesen Kompromiss können wir uns einigen.«

Mit dem Park, in dem sie lagen, war etwas nicht ganz in Ordnung. Vielleicht handelte es sich um langsam verrücktmachende Baum-Weg-Konstellationen, um unmerklich die Hirnwindungen aushebelnde Spazierkurven, um schwindelerregende Gebüschrhythmen, um labyrinthische Hügelwellenmuster, die das menschliche Auge nicht ertragen konnte, irgendetwas in dieser Art. Denn hier verging die Zeit, aber man bemerkte es nicht. Und man bemerkte nicht, dass man es nicht bemerkte. Und auch das bemerkte man nicht.

»Wie gesagt, das wird nicht passieren«, sagte sie. »Auch wenn ich zugeben muss, dass du mich gut unterhältst. Du wirst noch vielen Frauen den Kopf verdrehen.«

»Das bezweifle ich, bin ich doch fest entschlossen, dir in ewiger Treue ergeben zu sein.«

Interessanterweise ging gerade die Sonne unter, und die Farben veränderten sich so stark, dass die Paisley-Blusen-Eigentümerin keine braunen, den Besucher mit ihrer strahlenden Oberfläche auf Distanz haltenden Augen mehr hatte, sondern grüne mit kleinen braunen Punkten, die ihm zuriefen: *Hereinspaziert!*

»Wir gehen wieder ein Stuck«, schlug sie vor.

»Da es feststeht, dass du mich nicht erhören wirst, könnten wir in freundschaftlicher Weise, so, als wären wir früher ein Paar gewesen, hätten uns aber schon vor langer Zeit getrennt, stünden jedoch immer noch in einem sehr guten, freundschaftlichen Verhältnis, statt steif nebeneinanderzugehen, vertraut untergehakt dahin spazieren«, sagte er.

[LONDON. LEUTE. UND WIE ES ALLMÄHLICH DUNKEL WIRD.]

»Seit wir untergehakt sind, sprichst du nicht mehr«, sagte sie nachdenklich. »Bist du traurig?«

»Warum soll ich traurig sein?«

»Weil du die Stirn rünzelst.«

»Man ist nicht traurig, weil man die Stirn runzelt. Man runzelt die Stirn, weil man traurig ist.«

»Es beruhigt mich, dass du so ein Klügscheißer bist. Da muss ich nicht traurig sein, dass aus uns nichts wird.«

»Bist du denn traurig?«

»Warum soll ich traurig sein?«

»Weil du sagst: Da muss ich nicht traurig sein.«

»Vielleicht bin ich ein bisschen traurig. Und du?«

Benjamin Lee Baumgartner blieb stehen und blickte sie auf eine Weise an, die man für Trauer halten konnte. Oder für Schmerz. Oder für Wahnsinn. Seine Augen verengten sich wie unter Qualen. Seine Lippen bebten. Seine Finger verkrampften sich. Doch es war kein Weinen, das der wild grimassierende Indianer ausstieß.

Benjamin Lee Baumgartner war ein sehr unmusikalischer Mensch. Wann immer er in Gegenwart anderer ein Lied sang, bekam er zur Antwort: »Was hast du gesagt?«

Jetzt aber hörte zum ersten Mal ein Mensch, dass er gesungen hatte. Ausgerechnet die Hamburgerverkäuferin mit den unnatürlich kleinen Ohren hatte dieses sensible Gehör. Sie fragte nicht nur nicht, was hast du gesagt, sie sang sogar einfach weiter:

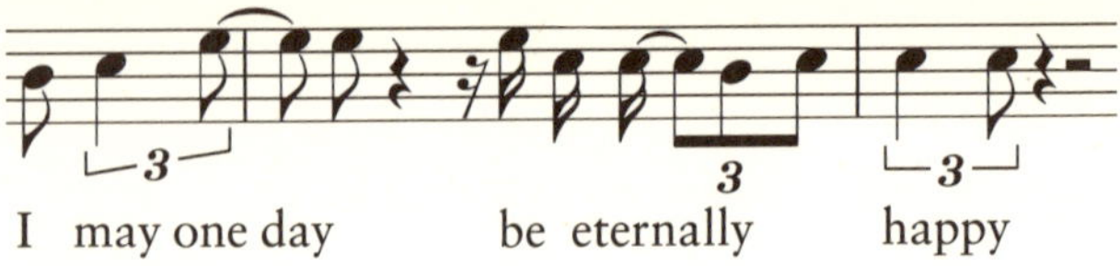

Benjamin Lee Baumgartner wusste, dass dies der Beweis für alles war.

Die Hamburgerverkäuferin strahlte: »Du bist der einzige Mensch, der dieses Lied kennt! Ich habe es auf einer Kassette, und niemand kann mir sagen, von wem es ist.«

»Schade, dass Google noch nicht erfunden ist. Wenn du diese Frage in ein paar Jahren hättest, könntest du die Textzeile einfach googeln. So aber bist du auf meine Information angewiesen, dass dieses Lied von Kevin Coyne stammt. Ich liebe dieses Lied. Denn auch ich kann einen Tag lang für ewig glücklich sein.«

»*One day* heißt *eines Tages*. Eines Tages werde ich glucklich sein.«

»Hier irrst du, verehrte Muttersprachlerin. Ich habe es immer so verstanden: Ich kann an einem einzigen Tag für die gesamte Ewigkeit glücklich sein.« Und als wäre das ein Beweis für seine Ansicht, wiederholte er mit oberlehrerhaftem Nachdruck: *»I may one day be eternally happy.«*

»Das ist Unfug«, behauptete sie.

»Nein, das ist Fug. Unfug ist es, alles auf *eines Tages* zu verschieben.«

»Warum kannst du in die Zukunft schauen und uber Google sprechen?«

»Ich rede nur wirr wegen der Gehirnkrankheit, als welche ich meine Verliebtheit empfinde. Von dieser Pest geschwächt, glaube ich die Zukunft zu sehen. Realistisch betrachtet wird es wohl eher nicht so sein, dass man in

Zukunft die Vergangenheit googeln kann, nur weil ich im Jahr 1988 verliebt war.«

»Googeln«, lachte sie. »Klingt aber lustig.«

»Googeln.«

»Gooooooogeln! Looloo!«

»Purpur!«

»Poorpoor.«

»Poooooorpoooooooor.«

»Muuuuuuuuuuuuuuuuuuuuuuuuuuuh!«

»Mooooooooooooooooooooooooooooooo!«

[VORN BEIM BLOOOSENMUSTER DEN LILA-VIOLETT-PINK-ROSA-FARBENSTREIT WIEDER EINFÜGEN, SONST HIER DAS AUFTAUCHEN VON PURPUR UNVERSTÄNDLICH!!]

Langsam wurde es so dämmrig, dass die Leuchtkästen auf den Baukränen mit dem Namenszug des allgegenwärtigen Bauunternehmers McAlpine heller leuchteten als der Abendhimmel. Das wertete Benjamin Lee Baumgartner als gutes Zeichen, als Grußbotschaft an den Ritter, der auf Freiersfüßen aus den Alpen angereist war.

Und die Hamburgerverkäuferin sagte: »Ich habe mir gedacht, wir könnten versuchen, heute uberall hinzugehen, wo jeder von uns im Lauf des Jahres war.«

Und McAlpine antwortete: »Da werden wir die ganze Nacht brauchen.«

»Und vielleicht auch noch den morgigen Tag.«

»Und vielleicht auch noch die nächste Nacht.«

»Und vielleicht auch noch den halben Tag, bis mein Flug geht.«

»Ich habe nichts dagegen, dass wir das machen«, sagte der deutsche Indianer Benjamin Lee Baumgartner. »Aber wenn ich Jahrzehnte später ein Buch über dich schreibe, werde ich davon nicht zu viel erwähnen.«

»Du kannst kein Buch uber mich schreiben, wenn du nicht einmal meinen Namen kennst.«

Obwohl die einundvierzig schlaflosen Stunden so schnell vergingen, dass sie ihm in der Zeitrechnung seines Lebens für immer fehlten wie   , waren es doch ganz normale einundvierzig Stunden, die in ihrem gewohnten Tempo vergingen, hundsnormale 2460 Minuten mehr oder weniger, 147 600 Sekunden und ein paar Zerquetschte, während denen in Großbritannien ungefähr oder genau dreißigtausend Kühe verbrannt wurden.

Die Baum

Seit 1996 lebe ich davon, Bücher zu veröffentlichen. Es ist eine angenehme Lebensweise, weil jene Mängel, Ängste und Zwänge, die man in anderen Berufen als Hindernis erleben würde, oft auf eine verquere Art nützlich sind. (Andererseits verbringt man Stunden und Tage mit sinnlosen Überlegungen, ob zum Beispiel die Lautähnlichkeit von *Mengel, Engste, Zwenge* irgendetwas zu bedeuten hat, ob man diesen irritierenden Zufall durch Austauschen der Begriffe tilgen soll, ob man sie extra betonen soll, ob es ohnehin keiner bemerkt und ob es in irgendeiner Hinsicht auch nur die geringste Bedeutung hat, dass die beengenden Zustende schon so gequetscht aus der Nase drengen.) Als mich einmal tagelang starke Kopfschmerzen quelten, dichtete ich diese einfach meinem Detektiv Brenner an. Ich bilde mir sogar ein, dass es seither besser geworden ist. Kann aber auch damit zusammenhengen, dass mir die Baum [NAMEN SPÄTER ERKLÄREN] zur selben Zeit riet, mehr Wasser zu trinken, mindestens zwei Liter am Tag, und seither ist es wirklich besser. Ich gebe diesen Rat gern weiter und stelle mir vor, dass mir einmal jemand sagen wird, das Buch war scheiße, aber ich bin dir ewig dankbar für diesen Rat.

In all den Jahren habe ich nicht aufgehört, mich über

einen Punkt zu wundern. Frei Erfundenes klingt in einem Roman oft überzeugender und realer als die aus der Realität entlehnten Geschichten. Selbsterlebtes oder Begebenheiten, die einem jemand aus dem wirklichen Leben erzählt hat, wirken oft krampfhaft originell und erfunden. Es hängt vielleicht einfach damit zusammen, dass sich erfundene Stoffe besser bearbeiten lassen, weil die Realität nicht den Erzählfluss stört. Vielleicht auch damit, dass wir gerade jene Geschichten aus dem wirklichen Leben gern anderen erzählen, in denen spektakuläre Zufälle eine wichtige Rolle spielen. In einem Roman wirken diese Zufälle konstruiert oder schlecht erfunden, in der Realität sind gerade sie es, die erst eine Geschichte erzeugen. Und es geht auch selten ohne den abschließenden Kommentar ab, so etwas würde man sich in einem Film oder Roman gar nicht zu erzählen trauen.

Zum Beispiel hat mein bester Freund den seltsamen Namen Benjamin Lee Baumgartner. Das lässt sich zwar erklären, weil sein Vater aus New Mexico stammt und nur seine Mutter aus dem bayerischen Simbach, und unsere Freundschaft beruht sogar ein bisschen auf der Faszination, die es auf mich als Student der Sprachwissenschaft ausübte, dass seine Hippiemutter ihn nach dem in den Flower-Power-Jahren populären Sprachforscher Benjamin Lee Whorf getauft hat. Lieber wäre es mir aber doch, ich müsste hier all das gar nicht lange erklären, weil ich ihm einen normalen Namen erfinden könnte. [BEI SIMBACH NOCH EINMAL ÜBERLEGEN, EVTL. DOCH BEI DER WAHRHEIT BLEIBEN.]

Ich lernte Benjamin Lee Baumgartner als Student kennen, als er in das Zimmer neben mir einzog. Zuerst einmal nur akustisch, denn er hatte von einer Englandreise eine Freundin mitgebracht, und die ersten Wochen ihres gemeinsamen Lebens hatten sie wenig Bedürfnis, das Zimmer zu verlassen. So kann ich sagen, dass ich bereits eine sehr intime Beziehung zu den beiden hatte, bevor ich sie zum ersten Mal zu Gesicht bekam.

Ich war gerade frustriert, weil alle Verlage meinen Roman abgelehnt hatten, und konzentrierte mich zur Abwechslung auf mein Studium, wo ich eine Arbeit über den historischen Wandel temporaler zu kausalen Konjunktionen schrieb, wenn mich nicht gerade die Laute aus dem Nebenzimmer auf andere Gedanken brachten. Dieses für die meisten Menschen sehr trocken klingende Thema der Entwicklung temporaler zu kausalen Satzverbindungen übt bis heute einen großen Reiz auf mich aus, und es begleitet mich das diffuse Gefühl durch mein Leben, dass man damit alles Mögliche erklären könnte. Vereinfacht gesagt ist es so, dass alles, was wir als einen kausalen Zusammenhang verstehen, vorerst einmal nur ein zeitlicher Zusammenhang ist. Wir sind überzeugt davon, dass wir etwas tun, *weil* dies und das. Und doch tun wir es nachweislich einmal nur, *während* oder *nachdem* dies und das.

Ursprünglich stellte *weil* nur einen zeitlichen Zusammenhang her. So lautete das Sprichwort: *Man muss das Eisen schmieden, weil es heiß ist.* Es hieß: *Weil der Hund bellt, frisst der Wolf das Schaf.* Oder: *Sie legte die Trauerkleider nicht wieder ab, weil sie lebte.*

Dass *weil* einmal eine zeitliche Satzverbindung war, erkennt man heute noch ganz einfach am englischen *while.* Oder an der deutschen *Weile.* [UND VOR ALLEM AN DER

LANGEWEILE DIESER ERKLÄRUNGEN. STREICHEN!!! EVTL. IN DIALOG MIT DER BAUM EINBAUEN.]

Weil mein Zimmernachbar Tag und Nacht stundenlang seine aus England mitgebrachte Freundin bumste, kam ich mit meiner Arbeit gut voran.

Weil ich versuchte, den Wandel von temporalen zu kausalen Konjunktionen zu analysieren – man denke auch an die interessante österreichische Eigenart, *weil* durch *nachdem* zu ersetzen –, bumste Benjamin Lee Baumgartner munter die Frau, die er aus England mitgebracht hatte.

Weil die Wände wackelten, tippte ich die Fußnoten in meine Arbeit.

Nachdem ich den ganzen Tag am Schreibtisch saß, konnte ich mir das stundenlange Gebumse anhören.

Nachdem sie stundenlang bumsten, enthält die Frage, wie sich temporale Satzverbindungen mit der Zeit in kausale wandeln, für mich bis heute eine starke erotische Komponente.

Als sie nach einigen Tagen oder Wochen einmal eine Bumspause einlegten, klopfte es inmitten der ungewohnten Stille sehr laut an meiner Tür. Ich wusste, dass es nicht die schwerhörige Vermieterin war, die zwei Stockwerke unter uns wohnte und deren vorwurfsvolles Klopfen mir nur zu bekannt war, obwohl sie ohnehin meist während meiner Abwesenheit in mein Zimmer schlich, um ihre Beschwerdebriefe zu hinterlegen, oder zischelnd aus ihrem Wohnzimmer schoss, wenn ich mich der Haustür näherte. Dieses kurze, heftige Klopfen hatte ich hingegen noch nie gehört.

Als ich die Tür öffnete, bekam ich den neuen Nachbarn zum ersten Mal zu Gesicht. Er ist mir aber trotzdem bekannt vorgekommen. Mir fiel sofort auf, dass er aussah wie der Indianer aus dem Film *Einer flog über das Kuckucksnest.* Groß und vierschrötig, mit halblangen schwarzen Zottelhaaren, die ihm nach – also *wegen* – dem schweißtreibenden Geschlechtsverkehr noch feucht im Gesicht klebten. Vor allem erinnerte mich sein Gesichtsausdruck an den riesenhaften Indianer im Film, gleichzeitig weggetreten und überpräsent schaute er mich an, und ich konnte mich nicht entscheiden, ob er aus naiver Gutmütigkeit oder aus schlichter Aggressivität so laut geklopft hatte. [NEIN, GANZ ANDERS. BESSER ERKLÄREN!]

Ich sagte aber nichts über die auffällige Ähnlichkeit. Nummer eins war ich damals noch sehr schüchtern, und außerdem lag auch mein Vater gerade im Irrenhaus, und da *Einer flog über das Kuckucksnest* in einem Irrenhaus spielt, war das ganze Thema wenig verführerisch für mich. Man könnte auch sagen, ich verdrängte es auf der Stelle, und ich muss jetzt fast lachen, dass ich hier einen Satz statt mit *Erstens* mit *Nummer eins* begonnen habe, eine Sprachmarotte, die ich nur von meinem Vater kenne. Sein Klinikaufenthalt dürfte mich überhaupt mehr belastet haben, als ich mir damals eingestand, und vermutlich war die ganze Geschichte ja auch der Grund, dass ich wochenlang mein Studentenzimmer nicht verlassen hatte, nachdem die Absagen für den Roman gekommen waren. Womöglich hatte ich überhaupt *wegen* dem ganzen Scheiß angefangen, Romane zu schreiben. [BLABLA – ALLES STREICHEN. WEITER BEI: ICH SAGTE ABER NICHTS ÜBER DIE ÄHNLICHKEIT]

Ich sagte aber zu meinem neuen Nachbarn nichts über die Ähnlichkeit mit dem Filmindianer aus dem Filmirrenhaus. Nummer eins finde ich es blöd, Leute von ihrer Ähnlichkeit mit irgendwem zu unterrichten, und außerdem frage ich jeden, der meine Wohnung betritt, bis zum heutigen Tag immer dasselbe.

»Magst du einen Kaffee?«

Er nickte, und während ich den Kaffee aufstellte, las er konzentriert die Karte, die an meiner Tür klebte und auf die ich mit der Schreibmaschine ein Zitat des Sprachphilosophen Quine getippt hatte:

> Menschen, die mit derselben Sprache aufwachsen, sind wie Büsche, die man so zurechtstutzt und formt, dass sie alle die gleiche Gestalt eines Elefanten annehmen.

Er starrte lange auf die Karte, und obwohl ich da noch nicht das Geringste über seine Herkunft wusste, erinnerte mich der gleichzeitig konzentrierte und verständnislose Blick schon wieder an diesen stummen Irrenhausindianer. Dann entdeckte er die zweite, von der Sonne schon ziemlich ausgebleichte Karte, die ich nach dem Protest der Vermieterin über die Wandbeschädigung durch meinen Klebestreifen sorgfältig auf die Fensterscheibe geklebt hatte. Darauf stand etwas, das ich in einem Buch über die Geschichte der Zeichentheorie von Thomas A. Sebeok gefunden hatte:

```
Der Alarmschrei des afrikanischen Elefanten
soll in Schweigen bestehen.
```

Mein Nachbar runzelte die Stirn, ging wieder zur ersten Karte, las sie noch einmal und sagte schließlich mit seiner tiefen, etwas mitgenommen klingenden Stimme: »Du interessierst dich wohl sehr für Elefanten.«

So begann unsere Freundschaft.

Peking 2006

Achtzehn Jahre nachdem er am Greenwich Market Bekanntschaft mit der Rinderseuche gemacht hatte, flog Dr. Benjamin L. Baumgartner nach Peking, um an der Vogelgrippe zu erkranken.

Er nahm dort als Übersetzer an einer internationalen Tagung teil. Als er am dritten Abend, erschöpft von einem langen Konferenztag, mit dem Hotellift in den neunten Stock fuhr, wurde ihm bewusst, dass er dringend einen Abend ganz allein verbringen musste. Sein Kopf hallte wider von den vielen Gesprächen, und er schämte sich dafür, so viel Mist geredet zu haben. Wobei das in den Pausen selbst Geredete und das stundenlang Gedolmetschte in dieser Phase der Übermüdung keinen Unterschied mehr machte – auch vom Schwachsinn der anderen fühlte er sich beschmutzt, weil er durch ihn hindurchgegangen war wie durch eine defekte Kläranlage.

Nachdem er in seinem Hotelzimmer geduscht und frische Sachen angezogen hatte, stieg Benjamin Lee Baumgartner mit nassen Haaren wieder in den Lift. Er wollte mindestens eine Stunde allein durch die fremde Stadt spazieren und sich dann, wenn die nachhallenden Stimmen in seinem Kopf langsam leiser wurden, irgendwo, weit von allen Konferenzteilnehmern mit ihren blöden

Namensschildern, die aus jedem Menschen einen Affen mit Namensschild machen, in aller Ruhe betrinken.

Als der Lift endlich kam und die Tür sich öffnete, überforderte es ihn schon fast, dass sich bereits eine Person in der Kabine befand. Dabei lächelte sie ihn schüchtern an und drückte sich gleich zuvorkommend in die hinterste Ecke, um ihm Platz zu machen. Es war die holländische Kollegin, die ihm schon aufgefallen war, weil sie aus der Ferne eine auffallende Ähnlichkeit mit der Volleyballspielerin Manon Flier hatte.

und Zeit, in ihrem Rudi-Carrell-Tonfall zu sagen: »Ich finde es entwüchtigend, so ein Namensschild zu tragen.« Er schaute sie stumm an, denn er witterte die Gefahr.

er verriet ihr seinen Namen nicht, sondern horchte wie ein blöder Indianerhäuptling dem geistreichen Gerumpel des Fahrstuhls zu. Und gab der weißen Frau damit Raum und Zeit, in ihrem Rudi-Carrell-Tonfall zu sagen: »Ich finde es entwüchtigend, so ein Namensschild zu tragen.« Er schaute sie stumm an, denn er witterte die Gefahr.

und er wusste im selben Moment, dass er einen schweren Fehler gemacht hatte. Er hätte doch wie jeder normale Mensch einfach seinen Namen sagen können. Aber er verriet ihr seinen Namen nicht, sondern horchte wie ein blöder Indianerhäuptling dem geistreichen Gerumpel des Fahrstuhls zu. Und gab der weißen Frau damit Raum und Zeit, in ihrem Rudi-Carrell-Tonfall zu sagen: »Ich finde es entwüchtigend, so ein Namensschild zu tragen.« Er schaute sie stumm an, denn er witterte die Gefahr.

spielen, sagte sie zu ihm aus zwanzig Zentimeter Entfernung: »Sie sind der einzige Konferenzteilnehmer, der kein Namensschild trägt.« »Nein, Sie auch«, antwortete er, und er wusste im selben Moment, dass er einen schweren Fehler gemacht hatte. Er hätte doch wie jeder normale Mensch einfach seinen Namen sagen können. Aber er verriet ihr seinen Namen nicht, sondern horchte wie ein blöder Indianerhäuptling dem geistreichen Gerumpel des Fahrstuhls zu. Und gab der weißen Frau damit Raum und Zeit, in ihrem Rudi-Carrell-Tonfall zu sagen: »Ich finde es entwüchtigend, so ein Namensschild zu tragen.« Er schaute sie stumm an, denn er witterte die Gefahr.

In der engen Liftkabine stellte er fest, dass sie Manon Flier auch aus der Nähe stark ähnelte. Wahrscheinlich um die Peinlichkeit einer gemeinsamen Liftfahrt zu überspielen, sagte sie zu ihm aus zwanzig Zentimeter Entfernung: »Sie sind der einzige Konferenzteilnehmer, der kein Namensschild trägt.« »Nein, Sie auch«, antwortete er, und er wusste im selben Moment, dass er einen schweren Fehler gemacht hatte. Er hätte doch wie jeder normale Mensch einfach seinen Namen sagen können. Aber er verriet ihr seinen Namen nicht, sondern horchte wie ein blöder Indianerhäuptling dem geistreichen Gerumpel des Fahrstuhls zu. Und gab der weißen Frau damit Raum und Zeit, in ihrem Rudi-Carrell-Tonfall zu sagen: »Ich finde es entwüchtigend, so ein Namensschild zu tragen.« Er schaute sie stumm an, denn er witterte die Gefahr.

In der engen Liftkabine stellte er fest, dass sie Manon Flier auch aus der Nähe stark ähnelte. Wahrscheinlich um die Peinlichkeit einer gemeinsamen Liftfahrt zu überspielen, sagte sie zu ihm aus zwanzig Zentimeter Entfernung: »Sie sind der einzige Konferenzteilnehmer, der kein Namensschild trägt.« »Nein, Sie auch«, antwortete er, und er wusste im selben Moment, dass er einen schweren Fehler gemacht hatte. Er hätte doch wie jeder normale Mensch einfach seinen Namen sagen können. Aber er verriet ihr seinen Namen nicht, sondern horchte wie ein blöder Indianerhäuptling dem geistreichen Gerumpel des Fahrstuhls zu. Und gab der weißen Frau damit Raum und Zeit, in ihrem Rudi-Carrell-Tonfall zu sagen: »Ich finde es entwüchtigend, so ein Namensschild zu tragen.« Er schaute sie stumm an, denn er witterte die Gefahr.

In der engen Liftkabine stellte er fest, dass sie Manon Flier auch aus der Nähe stark ähnelte. Wahrscheinlich um die Peinlichkeit einer gemeinsamen Liftfahrt zu überspielen, sagte sie zu ihm aus zwanzig Zentimeter Entfernung: »Sie sind der einzige Konferenzteilnehmer, der kein Namensschild trägt.« »Nein, Sie auch«, antwortete er, und er wusste im selben Moment, dass er einen schweren Fehler gemacht hatte. Er hätte doch wie jeder normale Mensch einfach seinen Namen sagen können. Aber er verriet ihr seinen Namen nicht, sondern horchte wie ein blöder Indianerhäuptling dem geistreichen Gerumpel des Fahrstuhls zu. Und gab der weißen Frau damit Raum und Zeit, in ihrem Rudi-Carrell-Tonfall zu sagen: »Ich finde es entwüchtigend, so ein Namensschild zu tragen.« Er schaute sie stumm an, denn er witterte die Gefahr.

In der engen Liftkabine stellte er fest, dass sie Manon Flier auch aus der Nähe stark ähnelte. Wahrscheinlich um die Peinlichkeit einer gemeinsamen Liftfahrt zu überspielen, sagte sie zu ihm aus zwanzig Zentimeter Entfernung: »Sie sind der einzige Konferenzteilnehmer, der kein Namensschild trägt.« »Nein, Sie auch«, antwortete er, und er wusste im selben Moment, dass er einen schweren Fehler gemacht hatte. Er hätte doch wie jeder normale Mensch einfach seinen Namen sagen können. Aber er verriet ihr seinen Namen nicht, sondern horchte wie ein blöder Indianerhäuptling dem geistreichen Gerumpel des Fahrstuhls zu. Und gab der weißen Frau damit Raum und Zeit, in ihrem Rudi-Carrell-Tonfall zu sagen: »Ich finde es entwüchtigend, so ein Namensschild zu tragen.« Er schaute sie stumm an, denn er witterte die Gefahr.

In der engen Liftkabine stellte er fest, dass sie Manon Flier auch aus der Nähe stark ähnelte. Wahrscheinlich um die Peinlichkeit einer gemeinsamen Liftfahrt zu überspielen, sagte sie zu ihm aus zwanzig Zentimeter Entfernung: »Sie sind der einzige Konferenzteilnehmer, der kein Namensschild trägt.« »Nein, Sie auch«, antwortete er, und er wusste im selben Moment, dass er einen schweren Fehler gemacht hatte. Er hätte doch wie jeder normale Mensch einfach seinen Namen sagen können. Aber er verriet ihr seinen Namen nicht, sondern horchte wie ein blöder Indianerhäuptling dem geistreichen Gerumpel des Fahrstuhls zu. Und gab der weißen Frau damit Raum und Zeit, in ihrem Rudi-Carrell-Tonfall zu sagen: »Ich finde es entwüchtigend, so ein Namensschild zu tragen.« Er schaute sie stumm an, denn er witterte die Gefahr.

In der engen Liftkabine stellte er fest, dass sie Manon Flier auch aus der Nähe stark ähnelte. Wahrscheinlich um die Peinlichkeit einer gemeinsamen Liftfahrt zu überspielen, sagte sie zu ihm aus zwanzig Zentimeter Entfernung: »Sie sind der einzige Konferenzteilnehmer, der kein Namensschild trägt.« »Nein, Sie auch«, antwortete er, und er wusste im selben Moment, dass er einen schweren Fehler gemacht hatte. Er hätte doch wie jeder normale Mensch einfach seinen Namen sagen können. Aber er verriet ihr seinen Namen nicht, sondern horchte wie ein blöder Indianerhäuptling dem geistreichen Gerumpel des Fahrstuhls zu. Und gab der weißen Frau damit Raum und Zeit, in ihrem Rudi-Carrell-Tonfall zu sagen: »Ich finde es entwüchtigend, so ein Namensschild zu tragen.« Er schaute sie stumm an, denn er witterte die Gefahr.

In der engen Liftkabine stellte er fest, dass sie Manon Flier auch aus der Nähe stark ähnelte. Wahrscheinlich um die Peinlichkeit einer gemeinsamen Liftfahrt zu überspielen, sagte sie zu ihm aus zwanzig Zentimeter Entfernung: »Sie sind der einzige Konferenzteilnehmer, der kein Namensschild trägt.« »Nein, Sie auch«, antwortete er, und er wusste im selben Moment, dass er einen schweren Fehler gemacht hatte. Er hätte doch wie jeder normale Mensch einfach seinen Namen sagen können. Aber er verriet ihr seinen Namen nicht, sondern horchte wie ein blöder Indianerhäuptling dem geistreichen Gerumpel des Fahrstuhls zu. Und gab der weißen Frau damit Raum und Zeit, in ihrem Rudi-Carrell-Tonfall zu sagen: »Ich finde es entwüchtigend, so ein Namensschild zu tragen.« Er schaute sie stumm an, denn er witterte die Gefahr.

In der engen Liftkabine stellte er fest, dass sie Manon Flier auch aus der Nähe stark ähnelte. Wahrscheinlich um die Peinlichkeit einer gemeinsamen Liftfahrt zu überspielen, sagte sie zu ihm aus zwanzig Zentimeter Entfernung: »Sie sind der einzige Konferenzteilnehmer, der kein Namensschild trägt.« »Nein, Sie auch«, antwortete er, und er wusste im selben Moment, dass er einen schweren Fehler gemacht hatte. Er hätte doch wie jeder normale Mensch einfach seinen Namen sagen können. Aber er verriet ihr seinen Namen nicht, sondern horchte wie ein blöder Indianerhäuptling dem geistreichen Gerumpel des Fahrstuhls zu. Und gab der weißen Frau damit Raum und Zeit, in ihrem Rudi-Carrell-Tonfall zu sagen: »Ich finde es entwüchtigend, so ein Namensschild zu tragen.« Er schaute sie stumm an, denn er witterte die Gefahr.

In der engen Liftkabine stellte er fest, dass sie Manon Flier auch aus der Nähe stark ähnelte. Wahrscheinlich um die Peinlichkeit einer gemeinsamen Liftfahrt zu überspielen, sagte sie zu ihm aus zwanzig Zentimeter Entfernung: »Sie sind der einzige Konferenzteilnehmer, der kein Namensschild trägt.«
»Nein, Sie auch«, antwortete er, und er wusste im selben Moment, dass er einen schweren Fehler gemacht hatte. Er hätte doch wie jeder normale Mensch einfach seinen Namen sagen können. Aber er verriet ihr seinen Namen nicht, sondern horchte wie ein blöder Indianerhäuptling dem geistreichen Gerumpel des Fahrstuhls zu. Und gab der weißen Frau damit Raum

In der engen Liftkabine stellte er fest, dass sie Manon Flier auch aus der Nähe stark ähnelte. Wahrscheinlich um die Peinlichkeit einer gemeinsamen Liftfahrt zu überspielen, sagte sie zu ihm aus zwanzig Zentimeter Entfernung: »Sie sind der einzige Konferenzteilnehmer, der kein Namensschild trägt.«

»Nein, Sie auch«, antwortete er, und er wusste im selben Moment, dass er einen schweren Fehler gemacht hatte. Er hätte doch wie jeder normale Mensch einfach seinen Namen sagen können. Aber

In der engen Liftkabine stellte er fest, dass sie Manon Flier auch aus der Nähe stark ähnelte. Wahrscheinlich um die Peinlichkeit einer gemeinsamen Liftfahrt zu überspielen, sagte sie zu ihm aus zwanzig Zentimeter Entfernung: »Sie sind der einzige Konferenzteilnehmer, der kein Namensschild trägt.«
»Nein, Sie auch«, antwortete er,

In der engen Liftkabine stellte er fest, dass sie Manon Flier auch aus der Nähe stark ähnelte. Wahrscheinlich um die Peinlichkeit einer gemeinsamen Liftfahrt zu über-

Als die Lifttüren sich im Erdgeschoss endlich öffneten, war Benjamin Lee Baumgartner nicht erleichtert. Daran erkannte er, wie groß sein Problem war. Normalerweise stürmt man mit einem Gefühl der Erleichterung aus einer Liftkabine. Er aber war bedrückt. Wie hatte ihm bloß dieser Fehler passieren können? Er hätte doch nur wie jeder normale Mensch einfach seinen Namen sagen müssen. Darf ich mich vorstellen, das wäre sein Text gewesen. Baumgartner. Er hätte ganz locker sagen können, ich bin der Benjamin. Oder kokett: Ich habe so einen hässlichen Namen. Selbst schmierig wäre noch besser gewesen als gar nichts: Kein Namensschild trage ich nur, damit Sie mich danach fragen, schöne Frau. Außerdem konnte er in solchen Notfällen doch immer auf den Tonfall unkomplizierter bayerischer Kumpanei zurückgreifen: Servus, i bin der Phenni. Es gab so viele Möglichkeiten. Aber er war achtzehn Jahre nach der Seuche unvorsichtig geworden. Achtzehn Jahre lang hatte er keine andere Frau als seine eigene angeschaut. Und jetzt sagt er so was! *Nein, Sie auch!* Das einzige Glück war, dass sein Zimmer nicht in einem höheren Stockwerk lag. Was hätte er alles angestellt, wenn die Liftfahrt noch länger gedauert hätte?

»Außerdem nimmt man Übersetzer sowieso nicht als Individuen wahr, wozu also ein Namensschild?«, sagte die Holländerin, während sie einen geschickten Slalom durch die in den Lift drängenden Idioten tanzte und ihn durch die Eleganz ihrer Bewegungen wieder so sehr an die Volleyballspielerin Manon Flier erinnerte, dass es ihn nicht gewundert hätte, wenn sie, statt auszuweichen, einen der Drängelchinesen einfach übersprungen hätte.

Er musste dringend seinen Namen sagen, wenn er ein

Unglück verhindern wollte. Er presste die Lippen zusammen, um den ersten Laut von *Baumgartner* oder den ersten Laut von *Benjamin* zu sagen. Das war doch der große Vorteil seines Namens! Mit dem Schließen des Mundes war schon ein Anfang gemacht. Und wenn man einmal *B* gesagt hatte, war das *au* oder das *e* auch nicht mehr so weit. *Bau* oder *Be*, das hatte er noch nicht entschieden, als die Holländerin ihm, eine Milliardstelsekunde ungefähr oder genau bevor er die Lippen zu einem erlösenden *Bau* oder *Be* geöffnet hatte, zuvorkam.

»Jetzt, wo wir schon unsere Namen nicht kennen«, grinste sie übermütig, »könnten wir ja an der Bar einen Drink nehmen.«

»Ja, das wäre ein Grund.«

Er war sehr froh, dass er sich nicht mehr im Lift befand. Sonst wäre dieser garantiert unter der Last seiner bleiernen Antwort abgestürzt.

Sie strahlte ihn amüsiert an mit diesem Blick, der laut und deutlich sagte: »Es ist wahrscheinlich mehrere tausend Jahre her, seit ein Mann von einer zwanzig Jahre jüngeren Attraktiv-wie-Manon-Flier-Frau auf derart charmante Weise in einer fremden Stadt zu einem Drink eingeladen wurde, und du stehst stumm da wie ein afrikanischer Elefant, dessen Alarmschrei in Schweigen besteht.«

»Aber ich bin leider sehr hungrig«, sagte Benjamin Lee Plumpgartner. »Ich muss vorher etwas essen gehen.«

Er wollte nicht so schroff wirken und holte Luft, um etwas Verbindliches wie *Wir sehen uns dann an der Bar* folgen zu lassen und dabei gleich noch seinen Namen loszuwerden. »Also, dann bis nachher. Du, ich bin übrigens der Benjamin«, lautete der Satz, der ihm bereits auf der

Zunge lag, ja, die Zunge war bereits unterwegs, um sich eilfertig zum *L* von *aLso* vorauszurollen, selbst das dem *L* folgende *S* von aLSo wurde von seinem unbewussten Zungenautomatismus bereits mitbedacht, während er den Mund erst auf halbem Weg zum *A* von *Also* geöffnet hatte.

»Die namenlose Holländerin hat einen Restaurant-Tipp«, fuhr sie ihm strahlend in die Parade.

Er wusste nicht recht, wie er die Marotte einschätzen sollte, dass sie von sich selbst in der dritten Person sprach. Sie zog einen Stadtplan heraus, drehte ihn ein paarmal im Kreis wie ein Lastwagenfahrer das Lenkrad bei einem schwierigen Wendemanöver, bis sie ihn endlich richtig in der Hand hatte, und sagte: »Hier sind wir, und da ist das Restaurant. Zweimal um die Ecke, da erkälten Sie sich auch nicht mit Ihren nassen Haaren.«

Die Baum

Als Benjamin Lee Baumgartner am 12. Jänner 2006 nicht wie vereinbart aus Peking zurückkehrte, tauchte eine Stunde vor Mitternacht die Baum bei mir auf.

Weil Benjamin Lee Baumgartner am 12. Jänner 2006 nicht wie vereinbart aus Peking zurückkehrte, tauchte eine Stunde vor Mitternacht die Baum bei mir auf.

Nachdem Benjamin Lee Baumgartner am 12. Jänner 2006 nicht wie vereinbart aus Peking zurückkehrte, tauchte eine Stunde vor Mitternacht die Baum bei mir auf.

Ich kenne die Baum gleich lange wie ihren Mann. Ungefähr oder genau. Ganz genau gesagt kenne ich sie akustisch schon etwas länger, optisch aber ist sie mir erst zwei oder drei Tage nach Benjamin begegnet. Es stimmt, dass sie von allen Frauen, die ich jemals gesehen habe, am besten aussieht. Insofern ist es kein großes Problem für meine Freundschaft mit Benjamin, dass ich in sie verliebt bin, denn es ist klar, dass jeder Mann in sie verliebt ist, außer vielleicht Blinde. Obwohl sie auch eine sehr schöne Stimme hat. Und ich nehme an, würde ein Blinder sich mit dem übertriebenen Blindentastsinn der Baum nähern, hätte er auch wenig Möglichkeiten, sich nicht in sie zu verlieben. Nur so viel dazu. Das soll kein Buch über die Baum werden.

Obwohl man normalerweise nicht unbedingt die Witzfigur sein will, zu der die Frauen nett und freundlich sind, während sie mit dem besten Freund schlafen, war ich am Anfang schon sehr froh, dass die beiden überhaupt da waren und ich nicht mehr allein mit der Vermieterin in dem Geisterhaus wohnte. Bevor Benjamin in das Mansardenzimmer neben mir eingezogen war, hatte die alte Nazi-Vermieterin, die das Erdgeschoss bewohnte, mich mit ihren dauernden Verweisen schon ziemlich in die Enge getrieben. Ich war nach acht Jahren Internat und weil man meinen Vater gerade in das Irrenhaus eingeliefert hatte, noch etwas zu wackelig auf den Beinen, um mich von dieser Hitchcock-Schreckschraube nicht einschüchtern zu lassen (Frau Biringer aus der Favoritagasse 89). Sie machte uns das Leben so schwer, dass ich ihr noch heute dankbar bin. Vermutlich hat erst die gemeinsame Feindin Benjamin und mich zu Freunden gemacht.

Wenn wir abends nach Hause kamen, fanden wir oft kurze Nachrichten von ihr in unseren Zimmern vor. Schmale, unter der letzten Zeile exakt abgerissene Papierstreifen mit fehlerlos getippten Schreibmaschinenbotschaften, in denen es meist um die Betriebskosten ging, die wir durch zu häufiges Duschen oder zu langes Lichtbrennenlassen in die Höhe trieben. Erinnern kann ich mich nur noch an einen dieser zahllosen schriftlichen Verweise.

Herr Baumgartner! Sie haben einen Föhn.
Lassen Sie sich lieber die Haare schneiden!

[DIESE GANZE PASSAGE NACH HINTEN SCHIEBEN. EVTL. DIE BEMERKUNG DER HOLLÄNDERIN ÜBER DIE NASSEN HAARE STREICHEN. SCHLIESSLICH IST ER NICHT DESWEGEN KRANK GEWORDEN. ANDERERSEITS EINE SCHÖNE BEMERKUNG AN DER STELLE, DASS SIE WAS ÜBER SEINE NASSEN HAARE SAGT. DIE BAUM HAT AUCH IMMER GESAGT, DASS IHR ALS ERSTES SEINE HAARE AUFGEFALLEN SIND, ER IHR ABER EIGENTLICH ZU GROSS WAR. WOMÖGLICH IST SOGAR FRAU NAZI-BIRINGER SCHARF AUF SEINE HAARE GEWESEN UND WOLLTE IHN DESHALB SKALPIEREN.]

Peking 2006

Gemessen an der Größe Pekings lag das Restaurant tatsächlich gleich um die Ecke.

Der zweistündige Spaziergang tat Benjamin Lee Baumgartner gut, und nachdem sie glücklich den einzigen freien Tisch in dem winzigen Lokal ergattert hatten, bemerkte er, dass er wieder halbwegs der Alte war.

Während sie auf den Kellner warteten, sagte er: »Sie erinnern mich ein bisschen an die Volleyballspielerin Manon Flier.«

Und schon erinnerte sie ihn viel weniger an Manon Flier, verband er mit der Volleyballspielerin doch den stets ernsten, auf das Spiel konzentrierten Manon-Flier-Blick. Und nicht dieses belustigte Lachen, das seine Bemerkung auslöste.

»Manon Flier? Überall, wo ich in Holland hinchomme, sagen die Leute, du erinnerst mich an Manon Flier. Und jetzt bin ich in China und höre wieder, du siehst aus wie Manon Flier!«

Benjamin Lee Baumgartner holte aus zur besten Replik seines bisherigen Lebens, aber im selben Moment stürmte der dürre Kellner heran und knallte ihnen die Speisekarten auf den Tisch.

»可惜, 小说的作者得先琢磨一下, 在小说的这个地方, 那个奔过来的服务员到底会用中文跟他的客人说些什么«, sagte der Kellner, »不过，也许您倒可以趁这个工夫仔细挑挑您想吃的菜。«

»那他恐怕也得把我的回答编出来«, sagte die Holländerin, »但愿他别净让我选些我根本不想吃的菜。«

Als der Kellner weg war, sagte sie: »Und ich sehe überhaupt nicht aus wie Manon Flier! Diese Frau ist fast zwei Meter groß. Ich habe nur hundertachtzig Zentimeter.«

»Je mehr Sie es abstreiten, umso größer wird Ihre Ähnlichkeit. Gerade in der gespielten Empörung über den unpassenden Vergleich, im scherzhaft übertriebenen Proteststurm, in der Entrüstung augenfunkelnder Manon-Flier-Ähnlichkeitszurückweisung erinnern Sie frappant an die konzentriert den Ball fixierende Volleyballspielerin. Als würden Sie im orangen Trikot der holländischen Nationalmannschaft am Netz hochspringen und die gefährlich über die Netzkante pfeifende Behauptung, Sie ähnelten Manon Flier, mit derartiger Wucht zurückschmettern, dass im Rückstoß Ihr blonder Zopf mit erschreckender Gewalt um Ihren brutal schlanken Hals schnalzt«, hätte Benjamin Lee Baumgartner fast gesagt.

Er sagte aber nur: »Ich weiß, wie einen so etwas nervt. Ich habe selbst früher immer gehört, dass ich aussehe wie der Indianer aus *Einer flog über das Kuckucksnest.*«

»*Einer flog über das Chuchuchsnest*? Was ist das?«

Benjamin Lee Baumgartner blickte sie an und überlegte. Ihr Unwissen machte ihm erst bewusst, dass sie einer anderen Generation angehörte. Er redete sich ein, dass man sich in Angehörige einer anderen Generation nicht wirklich um den Verstand verlieben kann, sondern höchstens über beide Ohren, was harmlos ist. Diese Hoffnung entspannte ihn fast noch mehr als der erste Schluck aus dem Bierglas, das der Kellner gerade im richtigen Moment vor ihn hingestellt hatte.

»In meiner Jugend war das ein bekannter Film«, erklärte er und gönnte sich gleich noch einen zweiten Schluck. »Er spielt in einem Irrenhaus. Mit Jack Nicholson. Und einer der Insassen ist ein Indianer.«

»Und die Leute sagten, Sie sehen aus wie ein Verrüchter aus dem Irrenhaus?« Mit einer übermütig auffordernden Bewegung hielt sie ihm ihr Bierglas entgegen, um ihm ein verspätetes Gläserklirren aufzudrängen. Sie schaute ihn dabei so frech an, als würde wirklich die hübsche Irrenhauskrankenschwester aus Mitleid mit einem ihrer Patienten im Irrenhauskiosk ein Bier trinken.

»Nein, er war nicht verrückt. Er war nur dort, weil er Indianer war. Er hat sich stumm gestellt. Aber er war nicht stumm. Das war der Witz an der Sache.«

»Und sehen Sie ihm wirklich ähnlich?«

»Nein. Er ist zwei Meter zwei groß! Manon Flier übrigens nur hunderteinundneunzig Zentimeter.«

»Warum wissen Sie das so genau?«

»Ich hab es gegoogelt.«

»Sie googeln Körpergröße von anderen Leuten?«

Während sie das sagte, lächelte sie so breit, dass er an den Witz von dem Breitmaulfrosch und dem Storch denken musste, den er aber nicht erzählte, weil er sagen musste:

»Da mich immer alle Leute auf den Chief Bromden angesprochen haben, hat es mich irgendwann interessiert. Und ich bin ja nur eins einundneunzig. Das heißt, ich bin von Chief Bromden gleich weit entfernt wie du von Manon Flier.«

»Sind wir jetzt per du?«

»Ja.«

»Wieso sind wir gleich weit entfernt?«

»Du bist elf Zentimeter kleiner als Manon Flier. Und ich elf Zentimeter kleiner als Chief Bromden.«

Sie blickte amüsiert zur Decke, als wollte sie sich mit dieser aufgezwungenen Halsstreckbewegung eine sehr fiese Antwort verbeißen, als könnte sie nur mit Gewalt das auf der Zunge Brennende am Herausrutschen hindern. Und weil sie nichts sagte, fiel umso mehr auf, wie laut der Mann am Nebentisch behauptete:

»自从新厨师在这家馆子掌勺, 鸡肉比以前那个厨师在时好多了, 这个你还真是不承认不行。就指望老板不会马上提价——那家伙可会宰顾客了。«

»Heißt der Schauspieler Chief Bromden oder der Verrüchte im Film?«

»Er ist nicht verrückt. Er redet absichtlich nicht.«

»Hab ich schon verstanden.«

»Chief Bromden heißt er im Film. Der Schauspieler heißt Will Sampson. Er ist ein Muskogee. Oder war. Oder hieß. Er ist 1987 gestorben. Am 3. Juni.«

»Und du bist auch ein Muskogee?«

»Ich bin halb Navajo.«

»Halb Navachou! Und halb Muskogee?«

»Nein, halb Navajo, halb Simbach. Das ist in Bayern. So groß bin ich nur, weil meine bayerische Mutter sehr groß ist.«

Die Holländerin dachte aber offensichtlich schon über etwas anderes nach. Auf diese selbstvergessene Art, mit der sich manche Menschen auf den Mund klopfen, um einen Gedanken anzulocken, klopfte sie mit dem Zeigefinger ein paarmal nervös bei sich selbst an und ließ ihn dann blitzschnell in Richtung Benjamin vorschnellen: »Es stimmt nicht, dass ich gleich weit entfernt bin von Manon Flier wie du von dem Schauspieler. Man muss es prozentuell sehen. Elf Zentimeter sind von einem hundertachtzig Zentimeter großen Menschen aus gerechnet mehr als elf Zentimeter von hunderteinundneunzig Zentimeter.«

[ESSEN GERÜCHE ZUGLUFT SCHMATZEN LEUTE LÄRM]

»Das ist schon richtig«, erwiderte Benjamin Lee Baumgartner, »aber es ist auch ein bisschen kleinlich, so genau zu rechnen.«

»Wenn der Mount Everest um hundert Meter wächst, ist er nur ein bisschen gewachsen im Vergleich zu einem hundert Meter hohen Hügel, der um hundert Meter wächst.«

»Aber Hügel wachsen nicht.«

»Das war nur ein Beispiel.«

»Jaja, hab ich schon verstanden. Aber vielleicht ist Manon Flier ja nicht genau eins einundneunzig groß, sondern nur eins neunzig und vierundneunzig Millimeter.«

[ESSEN GERÜCHE ZUGLUFT SCHMATZEN LEUTE LÄRM]

»Dann ist es etwas anderes.«

»Es sei denn, Chief Bromden ist auch nicht genau zwei Meter zwei.«

»Das wäre eine Katastrophe«, lächelte sie.

Er lächelte auch.

Sie lächelte auch auch.

Er lächelte auch auch auch.

Sie lächelte auch auch auch auch.

Er lächelte auch auch auch auch auch.

[ESSEN GERÜCHE ZUGLUFT SCHMATZEN LEUTE LÄRM]

»Hoffentlich landen wir nicht in einem gefährlichen Lächelparoxysmus«, hätte Benjamin Lee Baumgartner fast gesagt.

»Jetzt müssen wir bestellen«, sagte sie. »Sonst schrumpfe ich, und wir müssen neue Berechnungen machen.«

»Außer ich schrumpfe auch.«

»Aber du müsstest genau gleich viel schrumpfen.«

»Ein bisschen mehr, wegen der Relativität.«

»Jetzt hast du es verstanden.«

»Hast du schon etwas ausgesucht?«

»Vielleicht bestellen wir einfach ein paar Sachen, und dann können wir alles essen. Wie die Chinesen.«

»Ja. Gut, dass du Chinesisch kannst«, sagte er. »Ist schon praktisch mit einer Übersetzerin.«

[ESSEN GERÜCHE ZUGLUFT SCHMATZEN LEUTE LÄRM]

»Bist du Vechetarier?«

»Nein«, sagte Benjamin Lee Baumgartner, obwohl er Vegetarier war.

»Und stört es dich, wenn ich Gevögel bestelle?«

»Gevögel?«

»Vögelfleisch.«

»Geflüüügel.«

»Geflüüügel.«

»Nein, warum soll es mich stören?«

»Hast du hier noch nicht das Gerede gehört? Angeblich droht eine gefährliche Grippe von den chinesischen Vögeln.«

»Ach was. Man kann bald gar nichts mehr essen. Solange es gut durchgebraten ist, wird es kein Problem geben.«

Sie winkte den Kellner heran und sagte: »我想，作者编出来几个菜要我们现在点了。«

Der Kellner sagte: »那您就报出来吧。«

Die Holländerin sagte: »我们要个莲藕，要个三色丝，要个拔丝土豆，要个炒青豆，要个清香茄子，要个松花蛋，要个疯癫鸡。«

Der Kellner sagte: »选得好极了。«

Und Benjamin Lee Baumgartner sagte: »Die chinesische Sitte, dass einer für alle bestellt, ist sehr praktisch für mich. Denn ich leide an einer unheilbaren Entscheidungsschwäche. Nicht weil ich wählerisch wäre, sondern weil mir alles schmeckt.«

»Warte, bis das Essen kommt«, lachte sie.

Als das Essen kam, sah er, dass die Bestellung noch viel größer war, als er vermutet hatte.

[NEIN, DER KELLNER SOLL NACH UND NACH DAS ESSEN BRINGEN. ES WIRD IMMER MEHR UND MEHR UND MEHR.]

»Jetzt müssen wir die anderen Kollegen auch noch anrufen, damit sie uns helfen«, sagte er hoffnungsfroh, und er dachte, wenn die anderen kommen, habe ich eine zweite Chance, alle stellen sich vor, und ich kann auch meinen Namen sagen.

»Nein, das schaffen wir leicht.« Sie zeigte auf die verschiedenen Speisen und erklärte ihm, was es war: »Das sind Lotuswurzeln, das ist dreifarbige Seide, das sind fadenziehende Kartoffeln, das sind gebratene grüne Bohnen, und das sind Frischduft-Auberginen.«

»Und was ist das?«

»Tusendjahriche Ei.«

»Und was ist das?«

»Das ist Verrüchtes Huhnche.«

»Dann fang ich einmal mit dem verrückten Huhn an.«

»Du musst es aber nicht essen«, sagte sie. »Wenn du dich fürchtest.«

Sie konnte nicht ahnen, was sie mit dieser Bemerkung bei ihm auslöste. Ihr fiel auch nichts Besorgniserregendes auf. Ihm natürlich erst recht nicht. Es muss

eine Art Gehirnleere gewesen sein, aus der er erst aufschreckte, als sie fragte: »Warum lächelst du?«

»Ich habe mir gerade vorgestellt, wie blöd es wäre, wenn wir die Vogelgrippe nach Hause bringen. Und wir verbreiten sie um die ganze Welt.«

»Ich glaube, du lächelst über etwas anderes«, sagte die holländische Übersetzerin, deren Namen er nicht kannte.

»Woran merkst du das?«

[ESSEN GERÜCHE ZUGLUFT SCHMATZEN LEUTE LÄRM]

»Man merkt es einfach.«

»Du hast recht. Ich hatte gerade ein Déjà-vu-Erlebnis.«

»Hast du schon einmal mit mir in diesem Restaurant verrüchtes Huhnche gegessen?«

»So ähnlich. Es war kein Huhn. Aber die Frage, ob ich mich vor dem Essen fürchte.«

»Ich liebe Déjà-vu-Erlebnisse. Man hat das Gefühl, dass man durch die Zeit fällt.«

[饭菜 气味 穿堂风 咂嘴 人们 噪声]

»Vielleicht bin ich schon vom verrückten Huhn infiziert?«

»Das kann gut sein. Weiß man eigentlich, woher Déjà-vu-Erlebnisse wirklich kommen?«

»Es ist nur ein Fehler im Gehirn«, antwortete Benjamin Lee Baumgartner.

»Aber ein schöner Fehler.«

»*Ein schöner Fehler.* Das wäre eine interessante philosophische Frage. Ob es schöne Fehler geben kann.«

Während Benjamin Lee Baumgartner sich das verrückte Huhn einverleibte, sann er darüber nach, ob es schöne Fehler geben kann. Ihm kam sogar vor, dass es die Frage aller Fragen war, der er hier gerade auf die Spur kam, er spürte, dass er knapp davorstand, eine nobelpreisverdächtige Antwort auf die Frage aller Fragen, ob es schöne Fehler geben kann, zu finden, als die Holländerin die Frage beantwortete.

»Natürlich kann es schöne Fehler geben«, sagte sie.

[饭菜 气味 穿堂风 咂嘴 人们 噪声]

»Ich glaube, Immanuel Kant würde sagen, wenn es schön ist, kann es kein Fehler sein, sondern wird nur aufgrund einer unvollständigen Regel als Fehler betrachtet. Und wenn es ein Fehler ist, kann es nicht schön sein.«

»Immanuel Kant!«, stöhnte die Holländerin, die wie Manon Flier aussah. »Jetzt hast du das Déjà-vu-Erlebnis mit dem Piledriver erschlagen.«

»Was ist ein Piledriver?«

»Eine große Maschine. Ein Hammer. Hammermaschine. Wenn man eine U-Bahn baut, muss man große Eisenteile in den Boden rammen. Das macht der Piledriver.«

»Warum kennst du dieses Wort auf Englisch, obwohl du Chinesisch-Übersetzerin bist?«

»Das ist leicht zu erraten. Mein Vater hat mir die Platte *Piledriver* von Status Quo vererbt. Schrechliche Musik. Schrechliche Frisuren.«

Benjamin Lee Baumgartner strich sich die Haare aus seiner von dem scharfen Huhn schweißnassen Stirn.

»Ist er schon tot?«

»Ja, leider. Aber ich spreche noch mit ihm. Ist das blöd?«

»Nein.«

»Schmeckt es dir?«, fragte die holländische Übersetzerin, die aussah wie Manon Flier.

»Ist die Platte *Piledriver* das Einzige, was er dir vererbt hat?«

»Denkst du, er war drogensüchtig und hat sich zu der Platte den goldenen Schuss verpasst und bis auf den Plattenspieler war nichts mehr in der Wohnung, weil er alles zu Geld gemacht hat, um Heroin zu kaufen?«

»Nein«, sagte Benjamin Lee Baumgartner. »Dann hättest du ja auch den Plattenspieler geerbt.«

»Den hat mein Bruder geerbt.«

Sie betrachtete eine Zeit lang mit einem versonnenen Lächeln das Stück Hühnerfleisch, das sie mit ihren Stäbchen wie eine Zigarette in den Luftraum zwischen den beiden Gesichtern hielt. Vielleicht sollte ihr Blick bedeuten, dass sie gespannt war, ob dem Indianer noch eine Antwort einfiel, oder vielleicht bedeutete ihr Blick, dass sie sich fragte, ob er sich fragte, ob ihre Geschichte möglicherweise der Wahrheit entsprach.

Benjamin Lee Baumgartner war aber mit einem anderen Gedanken beschäftigt. Er fragte sich, ob sie neben der Platte wohl auch die Haare von ihrem Vater geerbt hatte, ob dieser womöglich weniger aus musikalischen als aus narzisstischen Gründen Fan des stets seine lange blonde Mähne schwenkenden Status-Quo-Gitarristen geworden war, weil er selbst solche Haare besessen und an seine Tochter vererbt hatte, Haare, die in Form eines dicken blonden Zopfes eine hypnotische Wirkung auf Benjamin Lee Baumgartner ausübten.

»Schmeckt es dir nicht?«, wurde der Hypnotisierte gefragt.

»Ich glaub, ich hab noch nie so gut gegessen.«

»Ich auch nicht.«

»Ich auch nicht.«

»Du kannst nicht *Ich auch nicht* sagen, wenn ich schon *Ich auch nicht* gesagt habe«, sagte sie.

»Da bin ich nicht so streng.«

»Ich auch nicht«, lachte sie. »Warum kennen Sie überhaupt Manon Flier?«

»Sind wir jetzt per Sie?«

»Ja.«

»Wieso soll ich Manon Flier nicht kennen? Sie kennen sie ja auch.«

»Aber sie ist nur in Cholland bekannt.«

Benjamin Lee Baumgartner überlegte kurz, ob er ihr irgendeine interessante Geschichte auftischen sollte, aber da ihm keine einfiel, erzählte er die Wahrheit.

»Ich war einmal auf Teneriffa. Um im Winter etwas

Sonne zu erwischen. Am Tag war es schön sonnig, aber um Punkt sieben wurde es finster, und man fragte sich, was soll ich in diesem schrecklichen Touristenhotel voller alter Leute. Es gibt dort nichts, was man am Abend machen könnte.«

»Waren Sie allein dort?«

»Nein, mit meiner Frau. Sie hat gelesen. *Krieg und Frieden* von Tolstoi.«

»Ich weiß, von wem *Krieg und Frieden* ist.«

Die Antworten dieser Holländerin kamen oft sehr schnell aus nicht erwarteten Richtungen. Benjamin Lee Baumgartner fragte sich, worin der Trick bestand, dass dieses an sich rund um den Erdball bekannte nervende Frauenbenehmen von ihr auf eine bezaubernde, nicht nervende Weise ausgeübt wurde, und er fragte sich, ob das womöglich ein Beispiel für einen schönen Fehler war, während er weitererzählte, als hätte er ihren Einwurf gar nicht gehört.

»Und ich hab ferngesehen. Aber es gab nur zwei oder drei Sender. Und ich spreche nicht Spanisch.«

»Du kannst nicht Spanisch, du kannst nicht Chinesisch – was bist du überhaupt für ein Übersetzer?«

»Übersetzer für Finnisch und Ungarisch«, sagte Benjamin Lee Baumgartner, und dieses Mal gefiel es ihm weniger, dass sie ihn unterbrochen hatte. Deshalb ließ er den interessantesten Teil der Geschichte aus und sagte nur: »In einem Sender lief während der ganzen Woche ein internationales Damen-Volleyballturnier.«

»Und daher kennst du Manon Flier.«

»Ja, ich kenne alle Spielerinnen, die damals spielten, weil die Abende so schnell hereinbrachen und so langweilig waren, dass ich nur Trost im Volleyballschauen fand. Und die Namen waren das Einzige, was ich verstanden habe. Ich erinnere mich auch noch an Debbie Stam.«

»Du erinnerst dich nur an die hübschen Spielerinnen. Wie lange bist du schon verheiratet?«, fragte sie.

»Seit dem Jahr der Rinderseuche.«

»Wann war das?«

»1988.«

»Nicht 1987, als Chief Bromden gestorben ist?«

»Nein, Chief Bromden ist nicht gestorben. Will Sampson ist gestorben.«

[饭菜 气味 穿堂风 咂嘴 人们 噪声]

»So lange bist du schon verheiratet? Fast zwanzig Jahre?«

»Ja, so lange.«

»Und dann ist es langweilig am Abend im Hotel?«

»Nein, so hab ich das nicht gemeint.«

»Natürlich nicht. Ich mache nur Spaß.«

»Und du?«

[饭菜 气味 穿堂风 咂嘴 人们 噪声]

»Was ich?«

»Wie lange bist du verheiratet?«

»Ich bin nicht verheiratet.«

»Aber du trägst einen Ehering.«

»Ja, auf Reisen trage ich manchmal einen Ehering, das hat den Vorteil, dass die Männer wegbleiben.«

»Du trägst einen Ehering, obwohl du keinen Mann hast, und du trägst kein Namensschild, obwohl du einen Namen hast.«

»Ja, so bin ich.«

»Aber durch den Ring lernst du vielleicht deine große Liebe nicht kennen, weil du gar nicht ins Gespräch mit ihr kommst.«

»Mit ihr?«

»Mit deiner großen Liebe.«

»Vielleicht will ich meine große Liebe gar nicht kennenlernen«, sagte die holländische Übersetzerin.

»Das verstehe ich«, sagte Benjamin Lee Baumgartner.

»Warum verstehst du das?«

»Männliche Intuition.«

[饭菜 气味 穿堂风 咂嘴 人们 噪声]

»Es kann kein Zufall sein, dass so viel Geld investiert wird, um uns die Liebe einzuhämmern«, sagte die namenlose Holländerin, die wie Manon Flier aussah.

»Mit dem Piledriver.«

»Ja, mit dem Piledriver. Filme, Popmusik und so weiter. Diese Armee hat ein höheres Budget als die richtige Armee mit ihren Flugzeugen und Schiffen und Bomben.«

»Interessant.«

»Nur damit wir glauben, dass wir uns verlieben müssen. Dabei braucht man das gar nicht. Es ist viel besser, so hier zu sitzen wie jetzt mit dir. Ohne Liebe. Einfach entspannt. Mich stören deine Fehler nicht, die mich sofort stören würden, wenn Liebe im Spiel wäre.«

»Mich stören deine Fehler auch nicht«, sagte Benjamin Lee Baumgartner. Obwohl es ihn ein bisschen störte, dass sie auf einmal so ernst daherredete.

Aber umso besser gefiel ihm die Eleganz, mit der sie diesen runzeligen Moment gleich wieder aus der Stirn bügelte und schön oberflächlich fragte: »Was ist dein größter Fehler?«

»Mein größter Fehler ist, dass ich mich immer nur verliebe, wenn eine Seuche dabei ist, die Welt auszurotten.«

»Wie oft ist das in deinem Leben schon passiert?«

»Bis jetzt ein Mal.«

»Daraus kann man mathematisch noch keine Regel ableiten.«

[饭菜 气味 穿堂风 咂嘴 人们 噪声]

Sie soffen die ganze Nacht, und als sie sich am Morgen im Frühstücksraum wiedersahen, machte gerade die Nachricht die Runde, dass auf den großen chinesischen Flughäfen Passagiere mit Erkältungssymptomen nicht mehr in die Flugzeuge gelassen wurden, um die weltweite Ausbreitung der Vogelgrippe einzudämmen.

»Gut, dass mein Schnupfen nur von den nassen Haaren kommt, mit denen ich gestern auf die Straße gegangen bin«, sagte Benjamin Lee Baumgartner zu der Holländerin, die in diesem Moment ein Déjà-vu-Erlebnis hatte.

[NEIN, BLÖDSINN! ALTE VERSION BESSER »... HOLLÄNDERIN, DIE IN DIESEM MOMENT EINEN NIESANFALL HATTE.« DANN KAPITELENDE. DANN EINBAUEN, WIE AUCH IHRE ERKÄLTUNGSSYMPTOME IMMER STÄRKER WERDEN. BEI IHR KANN'S JA NICHT VON DEN NASSEN HAAREN KOMMEN. EVTL. VON DER ZUGLUFT IM RESTAURANT? ABER ES WAR DOCH GAR KEINE ZUGLUFT ETC. – WIE SIE BESCHLIESSEN, DAS RISIKO NICHT EINZUGEHEN, AM FLUGHAFEN NICHT INS FLUGZEUG GELASSEN ZU WERDEN. IMMER MEHR GERÜCHTE, DASS DIE ERKÄLTETEN LEUTE AUS DEN WARTESCHLANGEN GEHOLT WERDEN. DAVOR HABEN SIE ANGST.

HORROR VOR DEM CHIN. KRANKENH. LIEBER EIN PAAR TAGE GEMEINSAM DURCH CHINA FAHREN, BIS MAN DEN SCHNUPFEN LOS IST, ETC. ODER IST ES NUR EINE AUSREDE? UNBEDINGT DAS QUARANTÄNE-GESPRÄCH NOCH IRGENDWO EINBAUEN.]

Die Baum

Nachdem ihr Mann nicht wie vereinbart aus Peking zurückgekehrt war, tauchte eine Stunde vor Mitternacht die Baum bei mir auf.

Es stimmt, dass sie von allen Frauen, die ich jemals gesehen habe, am besten aussieht. Insofern ist es kein großes Problem für meine Freundschaft mit Benjamin, dass ich in sie verliebt bin, denn es ist klar, dass jeder Mann in sie verliebt ist, außer vielleicht Blinde. Obwohl sie auch eine sehr schöne Stimme hat. Und ich nehme an, würde ein Blinder sich mit dem übertriebenen Blindentastsinn der Baum nähern, hätte er auch wenige Möglichkeiten, sich nicht in sie zu verlieben. Nur so viel dazu. Das soll kein Buch über die Baum werden.

Sondern über ihren Mann, mit dem ich als Student die Mansarde eines Siedlungshauses in einem Salzburger Nazistadtteil teilte, er ein Zimmer, ich ein Zimmer, das Bad dazwischen. Doch da die Betriebskosten in der Miete inkludiert waren, hatte die Vermieterin (Frau Biringer, Favoritagasse 89), wenige Wochen nachdem ich eingezogen war, die Zusatzregel eingeführt, dass nur einmal Duschen pro Woche erlaubt war. Wenn wir abends nach Hause kamen, fanden wir regelmäßig maschinengeschriebene Zettel in unseren Zimmern vor, auf denen sie unsere Vergehen aufzählte. Dass wir zu oft oder zu selten lüfteten, das Licht zu lange brennen ließen, den Heizkörper nachts nicht abdrehten, zu oft duschten, zu laut Radio hörten. Dabei war sie selbst so schwerhörig, dass ihr Fernseher das Haus zum Wackeln brachte, sodass sie wohl nur die Stromkosten des Radios im Sinn haben konnte. Niemals waren ihre Nachrichten handgeschrieben, und niemals lag ein ganzes Blatt Papier auf dem Tisch, sondern immer schmale, unter der letzten Zeile exakt mit einem Lineal abgerissene Papierstreifen mit fehlerlos getippten Schreibmaschinenbotschaften.

> Herr Baumgartner! Sie haben einen Föhn.
> Lassen Sie sich lieber die Haare schneiden!

Dieses Glanzstück trug Benjamin jahrelang in seiner Geldtasche mit sich und zeigte es bei Gelegenheit gern her. Deshalb erinnere ich mich gerade an diese Nachricht, es gab aber zahllose Perlen, die wir uns damals immer wieder gegenseitig zitierten. Obwohl der Krieg schon ein paar Jahrzehnte her war, für einen jungen Menschen fast so lange wie der Dreißigjährige Krieg, entstammten die alten Leute noch dieser Zeit. Das hätte vieles erklärt, aber ich war etwas zu unpolitisch und fürchtete mich vor den Leuten und ihren herrischen Gesten einfach so. Erst Jahre später wurde mir klar, dass ich mir mein Studentenzimmer ausgerechnet in einer im Krieg erbauten Satellitensiedlung gesucht hatte, wo die Häuser noch überwiegend im Besitz echter Altnazis waren.

Der Herr Baumgartner hatte aber nicht nur einen Föhn, sondern auch diese atemberaubende Freundin. Und vielleicht hat uns auch das zu Freunden gemacht, meine uneingestandene Hoffnung, sollte es zwischen den beiden jemals kriseln, dann wäre ich in der Nähe und sie könnte für mich abfallen. Bewusst gedacht habe ich das zwar nicht, erst aus dem Abstand von so vielen Jahren und nach allem, was passiert ist, habe ich den Mut, mir diese Möglichkeit einzugestehen. Auch gefällt mir das paradoxe Potenzial, dass uns ausgerechnet meine Perfidie zu besten Freunden gemacht haben könnte.

Wenn ich ein Paar kenne, bei dem es niemals kriselte, dann die beiden. Jetzt, während ich das hinschreibe, wird mir bewusst, wie unangenehm mir das Wort *kriseln* ist, und schon kriselt es zwischen mir und meiner Ehefrau namens MacBook Air. [ALLES LÖSCHEN! »IN EINE KRISE GERATEN« ODER SONST IRGENDWAS, NUR NICHT »KRISELN«!] [»NAZISTADTTEIL« LÖSCHEN. EINFACH »TAXHAM« SCHREIBEN.]

Erst achtzehn Jahre später, als ich es überhaupt nicht mehr brauchen konnte, gerieten sie in eine Krise, und zwar schlagartig. Vollkommen aufgelöst tauchte die Baum bei mir auf, weil ihr Mann nicht aus China zurückgekehrt war. Auch Nachricht hatte sie keine von ihm, und am Telefon erreichte sie ihn nicht.

Ich bemühte mich, zu verbergen, wie sehr ich ihre Sorgen teilte. Vor allem, weil wir ja alle aufgescheucht waren von den sich überschlagenden Meldungen über die Vogelgrippe, die sich in China ausbreitete. Die Bilder von Hitchcocks Film über die Horrorvögel erwachten in den Köpfen zu neuem Leben. Wir hatten Angst, die Vögel würden die Seuche über die ganze Welt verbreiten, indem sie ihre Krankheitserreger auf unsere Köpfe schissen.

Nur um die Baum zu beruhigen, spottete ich über die mediale Angstmache. Jedes Jahr gibt es irgendeine Seuche, lachte ich und zählte Szenarien auf, wie es sich erklären ließ, dass ihr Mann so lange verschollen blieb. Und indem ich so tat, als hielte ich tausend harmlose Erklärungen für wahrscheinlich, beruhigte mich meine gespielte Ruhe tatsächlich, meine eigenen Nerven schienen auf das Schauspiel meines Körpers hereinzufallen, und auch die Baum schien sich etwas zu entspannen.

[FOLGENDEN ABSATZ NICHT HIER. SONDERN NACH VORN SCHIEBEN: Dass Dr. Baumgartner seine eigene Frau *die Baum* nannte, sorgte immer wieder für Irritationen. Vor allem ihre Freundinnen, die es sowieso nicht recht verstehen wollten, dass sie bei der Hochzeit seinen Namen angenommen hatte, fanden es geschmacklos, dass er dann zu allem Überfluss auch noch ihren Vornamen durch seinen Familiennamen ersetzte. Mir kam es nicht so schlimm vor, weil ich wusste, dass er einen Tick mit Namen hatte. Außerdem klingt *die Baum* ganz nett, finde ich. Besonders wenn es so unpassend ist wie bei der Baum mit ihrer auffallend unbaumhaften Fragilität.]

Wir unterhielten uns bis nach Mitternacht über ihren Mann, als wäre er in Sicherheit, als könnten wir ihn beschützen, solange wir über ihn sprachen. Wir erzählten uns gegenseitig alte Geschichten über ihn, die wir längst kannten, und hörten doch so interessiert zu, als wären sie ganz neu für uns. Als ich ihr meine erste Begegnung mit ihm schilderte, schaute sie ganz gerührt, obwohl die Geschichte schon einen gewaltigen Bart hatte.

»Du interessierst dich wohl sehr für Elefanten!«, wiederholte die Baum, lachte über Benjamins Reaktion auf

meine Zettel, als hörte sie die Geschichte zum ersten Mal, und bekam gleichzeitig wässrige Augen. »Das ist typisch!«

Daraufhin begann die Baum, mir ihre erste Begegnung mit ihm zu schildern.

»Weißt du eigentlich, wo ich ihn kennenglernt habe?«

»In England.«

»Ja, in Schottland, genau gesagt.«

Im ersten Moment war ich nur ein bisschen irritiert. Ich wollte gerade sagen, ich habe immer geglaubt, am Greenwich Market, als ein Alarm in mir losging, und ich behielt die Geschichte für mich, die Benjamin mir vor langer Zeit aufgetischt hatte.

»Ich wollte damals Musterzeichnerin werden, und deshalb bin ich bei meiner Interrail-Reise natürlich auch in Paisley ausgestiegen. Weißt du, was ein Paisley-Muster ist?«

»Ja klar.«

»In Paisley gibt es ein eigenes Stoffmuseum, das wollte ich mir natürlich anschauen.«

»Ja klar.«

Offenbar hatte ich meine ganze Verstellkunst mit dem Verbergen meiner Sorge um Benjamin verbraucht, und jetzt brachte ich, indem mir alles immer unklarer wurde, nur noch ein roboterhaftes *Ja klar* zustande. Die Baum war aber schon so im Erzählen, dass ihr nicht auffiel, wie sehr ich mich wunderte. Wie verwirrt ich davon war, dass Benjamin offenbar am Greenwich Market wen anderen kennengelernt hatte, da er dort ja schon von seinem wenige Tage zurückliegenden Besuch des Paisley-Museums berichtet hatte.

»Das Museum war dann eine ziemliche Enttäuschung.

Ein paar schöne alte Webmuster hab ich schon gesehen. Aber ich hätte mir viel mehr erwartet. Dafür war der einzige Besucher, der zugleich mit mir im Museum war, umso interessanter. Der hat überhaupt nicht in so ein Museum gepasst. Ich glaub, er war auch vorher und nachher nicht oft in einem«, lachte die Baum.

Es war sehr angenehm, sie lachen zu hören in dieser Nacht voll Angst und Sorge. Aber es war mir sehr unangenehm, diese Geschichte zu hören, die so anders war als jene, die ich von Benjamin kannte.

»Ich hab auch gleich bemerkt, dass es ihm geht wie mir. Der langhaarige Riese hat sich ebenfalls mehr für mich interessiert als für die Muster. Obwohl man das kleine Museum in zehn Minuten durchhat, sind wir schon eine halbe Stunde umeinander gekreist. Ganz genau haben wir die Exponate inspiziert. Aber der feige Hund hätte mich nie angesprochen. Er war ja richtig auf den Mund gefallen damals. Also hab ich mir einen schönen englischen Satz zurechtgezimmert. Mein Englischlehrer wäre stolz auf mich gewesen. *Excuse me to bother you,* hab ich gesagt, und angeblich bin ich dabei auch noch rot geworden, *but are you aware of the fact how strong you resemble to the American Indian in the movie* One Flew Over the Cuckoo's Nest?«

Wir lachten beide über die charmante Mischung aus Stiff-Upper-Lip und Backfischschüchternheit, die sie mir vorspielte.

»Er hat natürlich zuerst einmal nur dumm geschaut«, sagte die Baum. »Und dann hab ich dumm geschaut, wie er auf meine so sorgfältig zurechtgelegte Ansprache auf Deutsch geantwortet hat. Und nicht einmal nett! Was kann denn ich dafür, dass er das mit dem Indianer schon hundertmal gehört hat? *Meine Mutter ist aus Simbach in Bayern,* hat er gemault. *Es ist also sehr unwahrscheinlich, dass ich aussehe wie dieser Indianer aus dem Film. Außerdem war der Schauspieler Will Sampson ein über zwei Meter großer Muskogee-Indianer, und mein Vater war ein Navajo. Zur Hälfte zumindest.*«

»Mit Indianersachen nimmt er es eben sehr genau«, behauptete ich, obwohl das kompletter Schwachsinn war. Es ging im Moment nur darum, irgendwas zu sagen und Zeit zu gewinnen.

Die Baum war jetzt ein bisschen aufgekratzt und seufzte amüsiert: »Immer wieder hat er mir später meinen Satz unter die Nase gerieben. Sonst würde ich mich ja gar nicht mehr so genau daran erinnern.« Es war schön zu sehen, wie sie sich in ihrer Erinnerung verlor und dabei ihre Sorgen um ihn fast zu vergessen schien. »Er hätte mich ja nie angesprochen«, sagte sie. »Er war überhaupt total verstockt. Den hat man erst einmal wachküssen müssen.«

[DIE DREI GLÜCKLICHEN WOCHEN ZWISCHEN BENNI UND DER BAUM SPÄTER EINFÜGEN. ZUGFAHRTEN UND SO, IN CREWE UMSTEIGEN, IM FREIEN SCHLAFEN, ANS MEER FAHREN. WIE GEHT GLÜCK? MARGIT FRAGEN, OB SIE MIR WAS SCHREIBT. ODER EINFACH IRGENDWO WAS HERUNTERAXOLOTELN.]

Sie erzählte Dinge über Benjamin, die ich lieber nicht gehört hätte. Die ich lieber nicht wüsste. Die ich gern vergessen würde. Was für ein toller Lover er sei. Wahnsinn, es gibt nichts Peinlicheres und Unangenehmeres, als wenn sich Leute über die sexuellen Vorzüge ihrer Partner ausbreiten. Und wieso musste sie dafür unbedingt das Wortgefüge *toller Lover* bemühen? Es klingt mir heute noch im Rhythmus dieses Liedes nach, das dieser schwarze Kleiderschrank gesungen hat [SPÄTER GOOGELN]. Tollerlover! Tollerlover! Falls ich mich schon öfter gefragt hätte, warum sie mit Benjamin trotz allem zusammen sei, sagte sie. Es sei deswegen. Weil er so ein tollerlover tollerlover ist.

Zu ihrer Entschuldigung muss ich sagen, dass sie im Lauf des Abends einiges getrunken hatte. Ihre seltsame Annahme, ich könnte mich schon öfter gefragt haben, warum sie mit ihm zusammen ist, ärgert mich aber heute noch. Ich frage mich eigentlich nie, warum jemand mit jemandem zusammen ist. Man muss doch nicht jede Gleichzeitigkeit zu einer Kausalität hochstilisieren.

Bald darauf spürten wir unsere Erschöpfung, es war bereits zwei Stunden nach Mitternacht (bei uns. In China schon wieder zehn am Vormittag), und ich schlug der Baum vor, das Auto stehenzulassen und ein Taxi zu rufen. Aber sie wollte nicht allein sein und bat mich, in meinem Arbeitszimmer übernachten zu dürfen.

Ich hasse es, wenn Freunde glauben, in meinem Arbeitszimmer übernachten zu können. Ich habe dort überall meine Schreibsachen herumliegen, unfertige Manuskripte, irgendwelche Notizen, die nicht für fremde Augen bestimmt sind. Bis ich etwas so weit habe, dass ich es mir herzuzeigen traue, treibt mir jede Zeile die Schamesröte ins Gesicht.

[ZUM BEISPIEL DIESE SCHEISSZEILE HIER. SPÄTER LÖSCHEN, ABER IRGENDWIE INDIREKT VERMITTELN. MAN DARF ES NUR SPÜREN. »DIE WAHRHEIT KANN MAN NICHT SAGEN, SIE ZEIGT SICH«, SAGT --- DER KLEINE PRINZ HAHAHA]

Andererseits hatte die Baum jetzt wirklich andere Sorgen als meine Notizen. Sie war fertig, müde und betrunken. Ich räumte nur ein paar Zettel auf einen Haufen, damit sie ihr nicht sofort in die Augen hüpften, und richtete ihr auf dem illegalen Sofa ein Bett her. [»ILLEGAL« STREICHEN ODER ORDENTLICH ERKLÄREN, SODASS MAN'S VERSTEHT!!] Nur eines der Pornogedichte, das ich vor ein paar Jahren an die Wand geschrieben hatte, konnte ich schlecht entfernen. Ich hätte schnell einen Zettel drüberhängen können, aber das war mir dann doch zu blöd, und irgendwie fand ich es auch schön, dass ihr das groß mit Filzstift hingeschriebene *Verteidigung der Missionarsstellung* an diesem traurigen Abend sogar noch ein Lächeln entlockte. Ich war aber selbst schon viel zu müde und betrunken, um mir darüber klarzuwerden, ob es ein verächtliches Lächeln war oder ein anzügliches oder einfach ein amüsiertes. Selbst wenn ich jetzt, Jahre später, darüber nachdenke, kann ich mich nicht entscheiden, weil sie ihre Kommentare zu dem Gedicht (»oberpeinlich« etc.) ja erst später und in ihrer größten Wut abgegeben hat, und vermutlich hätte sie in einem anderen Zusammenhang ganz anders darüber gesprochen. [SPÄTER IM TELEFONAT DARAUF ZURÜCKKOMMEN!] Vorerst aber gab es nur ihr Lächeln. Und in dem Moment empfand ich es einfach als ein Lächeln, das mich mit der Tatsache versöhnte, dass ein fremder Mensch in meinem Arbeitszimmer übernachtete.

Zug nach 成都

In 北京西 war es da schon acht Stunden später. In Wirklichkeit aber noch zwei Tage früher, denn natürlich ist die Baum nicht sofort zu mir gerannt, als ihr Mann nicht mit dem erwarteten Flug zurückkam.

Statt das Risiko einzugehen, mit seinen Erkältungssymptomen aus der Warteschlange oder aus dem Flugzeug geholt und in eine Krankenstation verfrachtet zu werden, hatte ihr Mann sich mit einer niesenden Holländerin zum Bahnhof begeben, um mit dem Zug nach 成都 zu fahren. Obwohl der Zug furchtbar überfüllt war, konnten sie zwei Sitzplätze ergattern. Sie beglückwünschten sich zu ihrer Entscheidung – schließlich war es verlockender, das Land kennenzulernen als ein chinesisches Quarantänelager.

Sowie der Zug sich von der Stelle bewegte, nahm die Holländerin ein Buch aus ihrer Handtasche und begann zu lesen.

[HIER LANDSCHAFTSBESCHREIBUNG EINBAUEN. CHINA CHINA CHINA CHINA CHINA. ES MUSS KLAR WERDEN, DASS SIE SCHON EINIGE STUNDEN UNTERWEGS SIND, ALS B. DIE HOLLÄNDERIN BEIM LESEN UNTERBRICHT.]

»Was lesen Sie da?«, fragte Benjamin Lee Baumgartner,

nachdem er sie stundenlang mit derselben ruhigen Beharrlichkeit angeblickt hatte, mit der sie in ihr Buch schaute.

»Ein Buch.«

»Ein Buch«, wiederholte er, dann schaute er sie wieder ein paar Stunden lang an. Ihm fiel auf, dass ihre Nasenflügel vom vielen Schneuzen und verstohlenen Abtupfen der Nase schon etwas gerötet waren, was diesen blonden Menschen leicht passiert. Es war der Zug von 北京西 nach Gleich-um-die-Ecke-von-成都, also ungefähr siebenundzwanzig Stunden, falls sie pünktlich ankamen. Da konnte man sich jedes Wort genau überlegen, und erst zwischen 阳泉北 und 太原 fragte er: »Was für ein Buch?«

»Ein Roman über eine Familie. Drei Generationen, wirklich toll! Sehr plastische Charachtere mit unglaublichen Verwichlungen. Ich bin bald fertig, dann kannst du ihn auch lesen.«

»Ich hab keine Zeit zum Lesen«, sagte Benjamin Lee Baumgartner und zog den Rotz auf. Er gab sich wieder seiner Beschäftigung hin, die Holländerin anzublicken, die stundenlang in ein Buch hineinschauen konnte, ohne dass ihr langweilig wurde.

Manchmal lächelte sie, wenn in dem Buch etwas Entsprechendes vorkam, oder sie runzelte die Stirn, vielleicht weil in dem Buch ein Konflikt ausgebrochen war, oder jemand hatte eine schwere Krankheit, der Tod spielte vielleicht einer Buchperson einen üblen Streich, oder eine Scheidung brachte Lebensläufe durcheinander, Kinder waren möglicherweise die Leidtragenden, solche Sachen passierten vielleicht in dem Buch, das die Holländerin las, während Benjamin Lee Baumgartner in ihrem Gesicht mitlas.

»Ist dir nicht langweilig?«, fragte die Holländerin. »Du sitzt die ganze Zeit nur da und schaust vor dich hin.«

Der Indianer sagte nicht ja und nicht nein.

Er sagte: »Ich überlege, worum es in deinem Buch wohl geht.«

»Jeff hat Sue gerade gestanden, dass er homosexuell ist«, erzählte die Holländerin.

»Und das stört Sue?«

»Sie ist seine Frau.«

»Warum hat sie ihn geheiratet, wenn er homosexuell ist?«

»Sie wusste es nicht.«

»So etwas merkt man doch.«

»Nicht unbedingt.«

»Wie lange sind sie schon verheiratet?«

»Seit ihrer Hochzeit.«

»Also ungefähr fünf Jahre«, sagte Benjamin Lee Baumgartner, weil er fand, wenn mir diese Manon Flier den fies angeschnittenen Ball einer Sinnlosantwort aufspielt, muss ich ihn ihr auf respektgebietende Weise zurückschmettern.

Er erntete dafür aber kein beifälliges Lächeln, das ihm augenzwinkernd bedeutet hätte, diese kleine und beiläufige Zwischenprüfung auf Schlagfertigkeit und Beischlaftauglichkeit hast du immerhin bestanden, sondern sie sagte nur ganz sachlich: »Nein, achtzehn Jahre.«

»Ehrlich? Wie ich?«

»Ja, lustig.«

»Was macht Sue jetzt?«

»Sie erzählt es ihrer besten Freundin Mary.«

»Warum ist Mary ihre beste Freundin? Warum nicht Rachel oder Vanessa?«

»Rachel und Vanessa kommen im Roman nicht vor.«

»Schade. Mich hätte interessiert, wie es Rachel und Vanessa so geht.«

»Sie waren gemeinsam auf der Universität. Sue und Mary.«

»War es eine gute Uni? Was haben sie studiert?«

»Mary wurde Augenärztin.«

»Sue auch?«

»Sue konnte ihr Studium nicht abschließen, weil sie im letzten Studienjahr einen Autounfall hatte.«

»Wurde sie so schwer verletzt?«

»Sie brauchte zwei Jahre, bis sie wieder gehen konnte.«

»Beging der Fahrer Fahrerflucht?«

»Nein, der Fahrer starb bei dem Unfall. Es war ihr Verlobter. Colin. Sie saß bei ihm im Auto.«

»War Colin alkoholisiert, oder wie kam es zu dem Unfall?«

»Colin war nicht alkoholisiert, er ist auch nicht zu schnell gefahren. Er war Philosophiestudent.«

»Verstehe.«

»Er erklärte seiner Verlobten in den letzten Sekunden, bevor er sich in die Ewigkeit verabschiedete, das Problem des logischen Selbstwiderspruchs und wie Tarski es löste.«

»Ich kann mir nicht vorstellen, dass eine Medizinstudentin sich für Tarski interessiert.«

»Kennst du dich da aus?«

»Nein. Aber als Student habe ich davon gehört.«

»Vielleicht hätte es sie nicht interessiert, wenn sie nicht mit Colin zusammen gewesen wäre. Ehrlich gesagt habe ich die Passage, wo er seitenlang über Tarski und das Antinomie-Problem spricht, auch eher quergelesen.

Antinomien sind Aussagen, die sich selbst widersprechen. Solche Sätze lassen unsere Logik absurd erscheinen. Du kennst bestimmt das Paradox des Kretischen Lügners. Wenn der Kreter sagt, alle Kreter lügen immer, dann lügt er, falls er die Wahrheit sagt, da er sich damit selbst widerlegt. Ein noch einfacheres Beispiel ist die Aussage: *Dieser*

Satz ist falsch. Der Satz ist richtig, wenn er falsch ist. Diese Antinomien müssen unterbunden werden, weil sie die

Logik zu Unsinn machen. Nomos ist auf Griechisch das Gesetz. Anti-Nomos: Gegen das Gesetz. Um diese gesetzwidrigen Gedanken auszuschließen, formulierte Tarski das Verbot, Objektsprache und Metasprache zu vermischen.

Ein Satz darf also nie über sich selbst sprechen. Wie in dem Satz: *Wer das liest, ist blöd.* Das ist verboten. Ein Arzt darf sich ja auch nicht selbst operieren.« Sie unterbrach sich, als Benjamin Lee Baumgartner herzhaft gähnte. Doch er hatte nicht aus Langeweile gegähnt, sondern wegen der Sauerstoffschuld, die er im Lauf der langen Fahrt in dem völlig überfüllten Zug eingegangen war.

Und um zu zeigen, dass er voll bei der Sache war, erwiderte er: »Na ja, eine Kleinigkeit kann er sich schon rausoperieren. Es haben sich bestimmt schon Ärzte ein Hühneraug selbst operiert.«

»Ja sicher. Das war doch nur ein Beispiel.«

»Dieses logische Zeug ist ansteckend, da wird man auch gleich so logisch, wenn man über diese Dinge nachdenkt.«

»Ein Arzt kann sich vielleicht selbst operieren. Aber nicht ein Arzt in Vollnarkose.«

»Dann ist die Sprache wie ein Arzt in Vollnarkose.«

»Vielleicht.«

»Oder wenn man Schafe an Kühe füttert, das ist auch so ähnlich.«

»Nein, da war der Vergleich mit dem Arzt besser.«

»Sind Vergleiche bei Tarski erlaubt?«

»Woher soll ich das wissen?«

»Und dem Jungen konnten die Ärzte nicht mehr helfen?«

»Welchem Jungen?«

»Dem Verlobten deiner Augenärztin.«

»Sie ist keine Augenärztin. Sie hat das Studium nach dem Unfall nicht mehr aufgenommen.«

»Hat Colin sich von seinen eigenen Ausführungen über Tarski so mitreißen lassen?«

»Ja, das ist wirklich toll geschrieben.«

»Ich dachte, du hast die Passage nur quergelesen?«

»Bloß wo er ins Detail geht, wo es heißt, *x ist die Meta-*

sprache, und die ist immer reichhaltiger als die Objektsprache. Diese Dinge hab ich quergelesen.«

»Und was hast du geradegelesen?«

Die Holländerin grinste auf diese Art, wie es Menschen machen, wenn sie damit angeben wollen, dass sie eine sehr gute Zahnspange hatten. »Deutsch ist zwar deine Muttersprache und nicht meine, aber ich glaube nicht, dass es das Wort *geradelesen* gibt. Es gibt nur *querlesen.* Oder *diagonal.*«

»Ja, interessant«, antwortete er und wurde sehr nachdenklich. »Für die normalen Sachen gibt es oft gar keine Worte, nur für die Ausnahmen.«

Er blickte mehrere Minuten oder Stunden ungefähr oder genau aus dem Zugfenster und dachte über eine sehr wichtige Frage nach, während draußen China an ihm vorbeituckerte.

»Das ist ja auch der Grund für einen der häufigsten Übersetzungsfehler«, sagte er ohne Rücksicht darauf, dass sie sich längst wieder ihrem Buch zugewandt hatte. »Ich ärgere mich zum Beispiel immer, wenn in einem aus dem Englischen übersetzten Buch das Wort *T-Kreuzung* steht. *T-junction* heißt es doch im Original nur, weil der Kreisverkehr dort die Regel ist. Den Normalfall bezeichnet man aber nicht speziell. Wir benennen auch nur die Ausnahme als *Kreisverkehr*, und eine eckige Kreuzung ist einfach eine *Kreuzung.*«

Sie war aber zu tief in ihrem Buch versunken, um auf seine langweilige Abhandlung zu achten. Und dass das vorbeiziehende Zugfensterchina ihm gerade eine sehr wichtige Frage beantwortet hatte, konnte sie nicht wissen. Er selbst hatte Frage und Antwort auch schon wieder vergessen und wunderte sich über die lesende Frau, die so weit entfernt war.

»Für Normalbumsen gibt es auch kein Wort. Nur für –«

»Doch«, antwortete sie ruhig, ohne von ihrem Buch aufzublicken. »Es gibt das Wort *Missionarsstellung.*«

Jedem von ihnen fiel auf, dass der andere ein bisschen rot wurde. Was sehr peinlich war, denn schließlich waren sie erwachsene Menschen. Und so wurden sie eigentlich rot, weil sie rot wurden. Ihm fiel auf, dass ihren unmerklich nach oben wandernden Pupillen auffiel, dass ihm auffiel, dass sie ein bisschen rot wurde, während ihr auffiel, dass ihm auffiel, dass ihr auffiel, dass er ein bisschen rot wurde, und obwohl jeder von ihnen noch hoffte, dass nur die Errötung des anderen sichtbar, das eigene Gesichtsgefühl aber noch eine unsichtbare, bloß farblose Wangenerhitzung sein möge, war der Prozess der unendlichen gegenseitigen Errötungshochschaukelung nicht mehr zu stoppen, bis ihnen nichts anderes mehr übrigblieb, als so zu tun, als wäre nichts.

»Das stimmt zwar«, sagte Benjamin Lee Baumgartner so sachlich, als wären sie beide nicht rot wie fiebrige Kinder, sondern blass wie das Erbrochene, das seit 西安 den Boden des Zugklos bedeckte, »aber gerade mit der Missionarsstellung habe ich persönlich eine Geschichte, die zeigt, wie wenig wir mit einem eigenen Begriff für das Normale, für das Nichtbesondere rechnen.«

»Da bin ich aber gespa…!«

Das Ende der Aufforderung zum Erzählen ging in einem Niesanfall der blonden Frau unter, der die schlafende Chinesin aufweckte, die es sich auf ihrer Schulter bequem gemacht hatte. Seit diese alte Frau den Platz neben der

Holländerin erobert und nach und nach ihre zahllosen Gepäckstücke samt einem an einer langen Stange montierten Vogelkäfig zu sich geholt hatte, saßen sie so eingeengt, dass die Holländerin es nicht mehr gewagt hatte, zu niesen. Jetzt aber forderte ihr Organismus die Niesschuld ein, und sie nieste so lange, dass es, als wieder Ruhe einkehrte und die Chinesin an ihren Käfig gelehnt weiterschlief, leicht gewesen wäre, das Gespräch an einer anderen Stelle wieder aufzunehmen.

Benjamin Lee Baumgartner aber sagte: »Ich dachte nämlich früher, die Missionarsstellung müsse wegen des illustren Namens etwas ganz Besonderes sein. Irgendwas Perverses.«

»Ja, das wäre auch logischer.«

»Entweder etwas richtig Perverses oder etwas Transzendentales.«

»Immanuel Kant würde sagen, wenn es nicht transzendental ist, ist es auch nicht richtig pervers«, sagte die Holländerin.

Benjamin Lee Baumgartner dachte eine Weile darüber nach, bemerkte aber, dass sein Schweigen dem Satz der Holländerin immer mehr Raum verschaffte, ihren gar nicht so schlechten Sager zu einem wahren Siegersatz, umkränzt vom strahlenden Mantel seines Verstummens, beförderte, und er sagte mangels einer besseren Antwort einfach noch einmal: »Es kommt mir immer noch eigenartig vor, dass es für die normalste Stellung so ein interessantes Wort gibt.«

»Ich finde die Missionarsstellung meistens am besten. Das andere ist auch gut, aber überschätzt.«

»*Überschätzt* klingt sehr abgebrüht«, sagte Benjamin

Lee Baumgartner und konnte eine leichte Ängstlichkeit in seiner Stimme nicht verbergen.

»Gegen die spießige Vorstellung der Optimierung muss man doch die einfache Innigkeit der Missionarsstellung verteidigen.«

»Wenn ich einmal ein Buch über dich schreibe, werde ich es *Verteidigung der Missionarsstellung* nennen.«

»Und welche Argumente willst du vorbringen?«

»Argumente werden sich schon finden. Vielleicht ist Colin an den Baum gefahren, weil seine Freundin ihm während der Autofahrt auf nichtmissionarische Art und Weise an die Wäsche ging?«

»Nein. Colin hat sich so aufgeregt, weil es ihn erschreckte, dass unsere ganze Welt sofort absurd wird, wenn man das von Tarski erlassene Verbot übertritt. Wenn ein Satz über sich selbst spricht, ist der Wahnsinn fertig. Dann sagt man die Wahrheit, wenn man lügt! Und umgekehrt! Wie bei einem Urwaldstamm, der Angst vor einem bestimmten Baum oder Stein hat, der eine bestimmte Waldgrenze für die Weltgrenze hält, sind all unsere rationalen Übereinkünfte auf einem Tabu gelagert. Wehe, du rührst die Sprache an! Dann wirst du gleich verrückt! Colin steigert sich immer mehr hinein und kommt zu dem Schluss, dass unsere Ratio eigentlich ein ebenso irrationaler Glaube ist wie alle Religionen. *Du sollst dir kein Bild machen. Du sollst keine Götter neben mir haben. Der Satz darf auf keinen Fall über sich selbst reden.*«

»Sonst fällt das ganze Weltengebäude in sich zusammen«, lachte Benamin Lee Baumgartner, als würde er sich schon heute auf den Tag freuen.

»Und Colin hat ihr seinen Entschluss mitgeteilt, dass er aus diesem Grund doch nicht Philosoph, sondern Dichter werden will. Denn nur in der Dichtung darf die Sprache sich auf sich selbst beziehen, darf ein Satz über die Welt und über sich selbst im selben Atemzug sprechen.«

»Hab ich schon verstanden.«

»Aber seine Freundin wollte es ganz genau wissen. Die hat immer nachgefragt. *Wie meinst du das, wenn du sagst, worüber ein Chunstwerk auch spricht, es spricht immer gleichzeitig über seine Geburt?* Und Colin sagt –«

»Das verstehe ich, dass du das quergelesen hast.«

»Nein! Das doch nicht! Das ist die dichteste Stelle im ganzen Roman. Er sagt, der Philosoph Jakobson meine genau das, wenn er von einem Gefühl der Unendlichkeit spreche, das man beim Lesen eines Chunstwerks habe. Das, was die Wissenschaft nur mit einem Verbot zu meistern wisse, müsse die Chunst ausnutzen. Dort, wo ein Text gleichzeitig über die Welt und über sich selbst spreche, stolpere man sozusagen aus der sprachlichen Begrenztheit in eine Erkenntnis oder Erfahrung des Transzendenten hinaus.«

»Und was hat sie gesagt?«

»Wer *sie*?«

»Sue.«

»Sue hat erst drei Wochen später wieder etwas gesagt. Aber nicht zu ihm, sondern zu ihren Ärzten. Er hat in seiner Aufregung zu wenig auf die Straße geschaut.«

»Da wollte der Autor wohl witzig sein, dass er ihn gerade in die Unendlichkeit schickt, wo er darüber redet.«

»
D
a
s
k
l
i
n
g
t

j
e
t
z
t
n
u
r
s
o
w
e
i
l
i
c
h
e
s
v
e
r
k
ü
r
z
t
e
r
z
ä

h
l
e
.
«
Sie waren jetzt in 太原.

[ZWEI SEITEN LANDSCHAFTSBESCHREIBUNG, BLICK AUS DEM ZUGFENSTER, BLICK IN DEN ZUG, DIE LEUTE, DIE GEPÄCKSTÜCKE, DIE EXOTIK BLABLA EIN BISSCHEN BILDUNGSZEUG UND REISEKLIMBIM. UND NICHT VERGESSEN, WIE DIE ALTE CHINESIN IMMER IM SCHLAF AUFGEBRACHT MURMELND PROTESTIERT, WENN DIE EIGENTÜMERIN IHRER SCHLAFSCHULTER NIESEN ODER SCHNEUZEN ODER HUSTEN MUSS. UND DAS PROBLEM, SICH IN ASIEN ZU SCHNEUZEN!]

»Warum schaust du so?«, fragte die Holländerin.

»Ich glaube, wir sind bald da. Wir sind schon in 广元.«

»Je weiter wir uns von 北京西 entfernen, umso komischer schauen uns die Leute an.«

»Inzwischen bist du die einzige Weiße im Zug.«

»Du bist auch weiß.«

»In den Augen der Chinesen wahrscheinlich schon. Sie sehen mehr meine weiße Hälfte. Daheim ist es umgekehrt. Da bin ich die Rothaut. Aber weniger auffällig als du mit deinen blonden Haaren bin ich hier trotzdem.«

»Glaubst du, dass für die Chinesen auch alle Europäer gleich aussehen? Oder dass sie unsere Unterschiede besser erkennen?«

»Keine Ahnung.«

Eigentlich wollte Benjamin Lee Baumgartner etwas ganz anderes antworten, wurde aber von der alten Chinesin abgelenkt, die von der Schulter der Holländerin aufschreckte und im selben Moment begann, laut schnatternd ihre Gepäckstücke zusammenzuraffen, um sich mit dem Vogelkäfig voraus Richtung Ausgang durchzukämpfen.

Die Holländerin blickte ihr lächelnd nach und sagte, als die alte Chinesin schon über den Bahnsteig stürmte: »Vielleicht gibt es weniger Unterschiede, als wir glauben.«

»Jemand hat einmal gesagt: Menschen, die mit derselben Sprache aufwachsen, sind wie Büsche, die man so zurechtschneidet, dass sie alle wie Elefanten aussehen.«

»Das klingt traurig. Wer hat das gesagt?«

»Hab ich vergessen. Ein Philosoph mit einem schönen Namen.«

»Also kennst du ihn doch.«

»Den Namen habe ich vergessen, nur an die Schönheit des Namens kann ich mich noch erinnern. Der Student im Zimmer neben mir hatte sich den Satz an die Tür gepickt. Also, auf einen Zettel getippt. Damals hatten wir ja noch Schreibmaschinen. Und den Zettel hat er mit Klebestreifen an die Tür gehängt.«

»Büsche, die wie Elefanten aussehen«, lächelte sie, als wäre ihr gerade etwas klar geworden. »Fällt dir nicht ein, wie der Mann geheißen hat?«

»Vielleicht, wenn ich nicht daran denke.«

»Ja.« Die Holländerin fixierte seinen Mund, doch als der erwartete Name nicht heraussprang, sagte sie: »An etwas nicht denken ist sehr schwierig. Wir müssen über etwas anderes reden.«

»Gut. Nicht an den Namen denken! Der Student hatte noch einen zweiten Zettel in seinem Zimmer hängen.«

»Ein Typ, der sich Zettel aufhängt.«

»Unsere Nazivermieterin hat das auch gestört. Frau Biringer, Favoritagasse 89. Sie sagte, er ruiniert die Wände mit den Klebestreifen. Daraufhin hat er den Zettel runtergenommen und ans Fenster geklebt.«

»Der Name des Arschlochs fällt dir ein, aber den des weisen Mannes hast du vergessen.«

»Du darfst mich nicht erinnern, sonst fällt er mir nie ein.«

»Was stand auf dem zweiten Zettel?«

»Ich sage immer *Zettel*, aber das ist eigentlich falsch. Du musst dir eine kleine weiße Karte vorstellen. Nicht eine Karteikarte, sondern ein großes Blatt Zeichenpapier, mit dem Stanley-Messer auf Postkartenformat zusammengeschnitten.«

»Wahrscheinlich ohne Unterlage auf dem Tisch geschnitten und dabei die Tischplatte beschädigt. Und dann ist die arme Dame gleich ein Nazi, wenn sie sich beschwert.«

»Und auf eine dieser Karten hat er mit der Schreibmaschine geschrieben: *Der Alarmschrei des afrikanischen Elefanten soll in Schweigen bestehen.*«

»Er hat sich wohl sehr für Elefanten interessiert«, sagte die Holländerin.

Benjamin Lee Baumgartner musste laut lachen. »Das ist wirklich ein guter Kommentar. Schade, dass mir das damals nicht eingefallen ist!«

»Was hat die Nazidame Frau Biringer, Favoritagasse 89, zu dem Satz gesagt?«

»Sie hat geschwiegen«, lachte er auf diese Ich-pinkle-mich-gleich-an-Art.

»Du lachst über deine eigenen Witze«, sagte die Holländerin missbilligend, lächelte ihn dabei aber mit einem Blick an, der ihm so angenehm war, dass er gern noch ein Jahr mit dem Zug weitergefahren wäre, obwohl ihm alles wehtat, Kopf, Nebenhöhlen, Kreuz, Beine, Eingeweih.

»Ich glaub, wir müssen aussteigen«, sagte Benjamin Lee Baumgartner.

»Ja, beim nächsten Bahnhof. In 成都.«

Es dauerte aber noch eineinhalb Stunden, bis der nächste Bahnhof kam und sie in 成都 aussteigen konnten. Beim Aufstehen rätselten sie, ob sie nur von der Fahrt so gerädert waren, dass ihre steifen Skelette laut quietschten, oder ob ihre Gliederschmerzen bedrohliche Anzeichen waren.

Vor dem Bahnhof nahmen sie ein Taxi, das die beiden Erschöpften ins Hotel bringen sollte. Es war ein türkisfarbener VW Santana, ein Modell, das offenbar in China sehr häufig war. Die Holländerin unterhielt sich mit dem Taxifahrer durch den Schlitz in seinem engen Plexiglaskäfig, der den Fahrersitz umschloss und das Gefährt zu einer traurigen Parodie der großzügigen Londoner Taxis machte. Der unwürdige Arbeitsplatz des Mannes erinnerte Benjamin Lee Baumgartner an die Lebensbedingungen von Batteriehühnern, und er wunderte sich, dass der Fahrer sich trotzdem so fröhlich schnatternd mit ihnen unterhielt und bereitwillig darüber Auskunft gab, dass er sechzehn Stunden pro Tag in dieser Kabine saß, und auch von ihnen so viel wissen wollte, woher sie kamen, wie alt sie waren und wie viel sie verdienten. Dieser geknechtete

Mensch berührte Benjamin in seiner fröhlichen Weise so sehr, dass er ihm genaueste Auskunft über seine finanziellen Verhältnisse gab, die der Taxifahrer interessiert zur Kenntnis nahm. Das Einzige, was den Fahrgast an dem Fahrer störte, war, dass er sich in seiner Redseligkeit immerfort nach ihnen umdrehte und, statt auf die Straße zu schauen, die langen blonden Haare der Holländerin anhimmelte. Doch immer dann, wenn Benjamin es schon krachen spürte, den Kopf einzog, alle Muskeln seines Körpers verkrampfte, wandte der Fahrer seinen Blick nach vorne und meisterte die Situation ohne Probleme.

Als sie nach einer Stunde beim Hotel waren, bestand der freundliche Fahrer sogar darauf, ihnen das Reisegepäck auf das Zimmer zu tragen. Wegen ihrer Erschöpfung war ihnen die Hilfe sehr willkommen, und die Holländerin gab ihm ein fürstliches Trinkgeld.

Der Fahrer ging aber immer noch nicht. Er blieb mitten im Zimmer stehen und musterte Benjamin Lee Baumgartner so nachdenklich, dass der schon befürchtete, wieder einmal auf seine Ähnlichkeit mit dem Chief Bromden angesprochen zu werden. Der chinesische Chauffeur schaute dem fremden Mann mit einer solchen Intensität in die Augen, dass diesem kalt wurde. Und hinter dem Beben seines Körpers hörte er den Taxifahrer sagen:

»但愿我是个印第安人，这样，我就立刻骑上飞奔的马，在空中歪斜着身子，一再地抖动着身体，疾驰过颤抖的大地，直到我放开马刺，因为并没有马刺，直到我扔掉缰绳，因为并没有缰绳，我刚看到眼前的土地是一片割得光光的草地时，马脖子和马头早已不知到哪里去了。«

Dann eilte der Fahrer aus dem Zimmer, und Benjamin fühlte sich von seinem Schüttelfrost so geschwächt, dass er sich sofort ins Bett legte, wo ihm auch nicht wärmer wurde.

Auch die Holländerin war ziemlich wackelig auf den Beinen und flüchtete niesend unter die Bettdecke. 前面那段，我最初只是为了让人把它翻译成中文而写出来的。内容其实无关紧要，重要的只在于效果，也就是说，随着那两人染上的病越发严重，行文也逐渐向中文倾斜。所以那几行我也写得极快。我还记得，和翻译见面的时间已经约好了，到点前一个钟头我才在电脑上敲出让她翻译的稿子。由于翻译不知怎的韧带撕裂了，见面地点只能安排在地铁站，于是我建议去一家咖啡馆，他们那几张露天的桌子离地铁站的出口没几米远。可偏偏就在见面前那个钟头，眼看着要下一场雷阵雨。既然不能按原计划骑车去碰头地点了，要不想迟到，我就只好写得更快些。稿子的内容无关紧要，除了翻译成中文让人看不懂之外它不起别的什么作用，所以我自然写得格外顺手，对那个出租车司机的回忆越来越鲜明，让我觉得把他丢到故事之外的话很可惜。结果这段还是保留为德语了。这样一来，我只好集中精神，让自己写得啰嗦些，平淡些，好让自己不至于第二次反悔，又觉得把稿子翻译成中文放在书里太可惜，那样我就又得编一段新的填空儿，除了把它翻译成我和我的绝大多数读者都不懂的一种语言外别无他用。那可就没完没了了，我就又陷在一本永远到不了头儿的书里了，而我自己恰恰是个怕看厚书的，觉得那大都是逼着人读填空儿的废话，太过分了。不管文字写得有多优美，情节有多丰富，我往往动不动就会觉得是废话，为作者不能把长话哪怕短说一点点而心头冒火。不过，书的页数太多还是第二位让我受不了的。顶严重的是那些广义上算是游记文学的书。也就是描述异国及其风俗的那些。游记文学中肯定有很出色的代表，但如果我想了解一种陌生的文化，那劳驾请别把文学性掺合进去。大概也是跟我来自一个旅游地区有关吧，我很早就开始厌恶观光客那种自以为懂得陌生文化的狂妄。文字让人看不懂有个大好处，就是你可以肆无忌惮，写一切平时不准自己写的东西。所以我在这儿加一段自己旅行中经历的小插曲。活到现在我还真是去过一次中国。我要在中国的几个城市朗诵作品，但头一天我就在长城上得了重感冒（要知道，行多识广的人不说»中国城«，而说»长城«），害得我几场朗诵的时候嗓音嘶哑得够呛。游览长城时陪我的是那位邀请我来朗诵的奥地利大学讲师，还有一个带一半中国血统的奥地利女学生。虽然我们穿着厚厚的过冬大衣，戴了皮帽子，可寒风呼啸，刺骨地冷，奥地利讲师给我解释说，这风是一路畅通无阻地从西伯利亚直刮过来的。我还记得，当城墙上风势越来越猛，游人越来越少时，我感到了一丝死亡的恐惧。而那个显得淡然自若的中国奥地利女孩儿呢——在一声不吭、看上去几乎是无动于衷地忍受了一个钟头的暴虐狂风之后，她说了句话，一句在我脑子里萦绕了好久的话：»我想，我还从没有离糟得不能再糟的时刻这么近过。«她说的时候那种从容和平静，和话的内容形成了惊人的对比。由于在长城上挨了冻，我第二天嗓子哑得像得了喉头炎。可怜那些中国学生——我就那么扯着哑嗓儿冲他们朗诵，他们没准儿直到今天还以为，作家操的那种优秀德语，就该用嘶哑而且时时哑掉的声音来说。那之后的第二天发生了我一生中最不可思议的一桩巧事。在萨尔茨堡上大学时我曾认识一个中国学生。他的专业是德语，博士论文的专题是一位奥地利作家作品中的诙谐，那作家以他关于死亡和疾病的故事著称。由于我们这些什么都不懂的外省土包子学生不知道中国人的习惯是先写姓（奇怪的是，我们那边的方言其实也这样，可通过上学受教育，这种习惯竟叫人给我们成功地戒掉了），我们都用他表格上填在前面的名字称呼他，即»韩«。我们既不知道这是他的姓，也不了解在中国只有很少的姓氏，恨不得每两个人里就得有一个姓韩，所以实际上区分单个人只能靠名儿。我们的韩同学对此似乎无所谓，耐心地听凭我们管他叫»韩«，而这么叫，恐怕并不比直接叫他»中国人«更妥当多少。时间一年年过去，我对他的记忆逐渐淡去，除了他那篇关于诙谐的博士论文令人印象深刻——而一门外语中，恐怕没有比诙谐更难理解的了，别的事儿我能记起来的就没几件了。有一次我给他夹了一块奶酪，而好久之后才听说中国人不喜欢吃奶酪。还有一次，一伙儿学生优哉游哉地聚在一起喝啤酒，他小心翼翼地问我们是不是从来都不玩儿点什么。我脑子里立即浮现出一群斯斯文文的中国学生，像要上镜头似的坐在一起，玩儿些类似»迷卡斗«的灵巧游戏，或是复杂的掷色子游戏，优雅地消磨时间，而我们只知道灌酒和高谈阔论。直到今天，我还觉得这个从没用事实验证过的关于做着游戏的中国学生的想象非常矜持文雅呢。我记得尤其清楚的，是他在博士生讨论会上做过一个小报告，讲那位善写死亡的奥地利作家的诙谐，报告中多次出现»疯狂«这个词。他的德语虽然非常好，但他发»疯狂«这个词时却略微带些口音，令这个熟悉的字眼怪异起来，反倒获得了一种特殊的力度，再加上一而再再而三地出现，听上去果真有点儿疯狂起来。因此直到今天，我仍然只能以韩那种发音的方式想到»疯狂«这个词而且我真希望那位当时没过多久就辞世的作家能听到那个关于他作品中»疯狂«的相当机智的小报告。二十年后，在我唯一的一次中国之行中，这唯一的一个我曾打过交道的中国人，居然就叫我在中国碰上了。这要不是真的，让我立遭天打五雷轰。您看我不是活着吗，因为这是真的，韩可以作证。他是一所大学的教授，但与邀请我的事儿毫无关系，跟我一样惊讶。他拥抱了我，甚至第二天和我一起去了北京的民族博物馆，让我很感动，因为他肯定事儿挺多的。民族博物馆里展出的有诸如蒙古人住房里活生生的蒙古人。他们在那里闲坐着，一有客人来，他们就跳起来表演一段舞蹈。我现在回想一下很高兴，因为真正蒙古人的表演促使我这会儿到底转过弯儿，回到我自己的故事上来。因为，跟蒙古人的表演类似，写小说一般展示真实的中国场景会让我觉得不大光彩。我很不情愿太过详细地描写中国的旅馆，装出一副写游记文学的中国通的样子。所以我想着，与其我在这儿描写那两人躲进去的旅馆房间、壁纸的花样、从关不严的窗户泄进来的响动以及由小食摊儿那边钻进房间来的哈喇子味儿，以及俩人如何被这种氛围慢慢地吞噬，我还不如让他们被中文吞掉。但主要的当然是两个人得从某一点开始谈论那首歌儿。也就是 Misery man! That’s not me! 我的想法是，读者翻了仅由汉字组成的几页之后，在一堆看不懂的中文之间，I may one day be eternally happy! 这行歌词赫然亮在眼前，读者就可以想见其余那些隐藏在汉字帘幕之后发生的一切，这岂不是很妙吗！我就是这么设想的。顺便说一句，我曾经能在吉他上弹这首歌呢，上大学的时候。可如今我已经不会了。老实说我不是很有音乐细胞，我甚至还给本亚明编派了某种创伤，实际上那是他的作者屡屡遭受的折磨。我要是随便哼唱点什么，比如脑子里正闪过的一句歌，而当时又不是独自一人的话，别人总会问我：»你刚说什么？« 这真是让人纳闷儿。脑子里明明听到的旋律，却不肯按原样出来。能听到它，说明它还是存在的嘛。但却只在脑子里。对此可以生发很多感想。比如，人总是随身携带着一个更好的自我。就在内心的什么地方。但很难把它引诱出来。这些听上去尽可以平淡无奇一点，因为假如太精彩了，我就又会软弱起来，不忍心把它当填空儿的料喂给汉字了。那好。再见。也许我们哪天会凑巧碰上。

Die Baum

In diesen Tagen und Nächten, als die Baum sich vor Sorge um Benjamin fast **151**, wohnte sie in meinem Arbeitszimmer. Es waren die Tage der stündlich dramatischer werdenden Meldungen über die aus China kommende Vogelgrippe. Wir verfolgten diese Nachrichten mit zunehmender Anspannung. Die Panik vor der auf Vogelschwingen über die ganze Welt verbreiteten Seuche griff um sich. Die Baum und ich gehörten neben der österreichischen Gesundheitsministerin, die Millionen von Atemschutzmasken kaufte, zu den Alarmiertesten. Wir steckten uns gegenseitig an. Versuchte einer den anderen zu beruhigen, so hörte der nur das Beunruhigende an dieser Beruhigungsstrategie. Und zu allem Überfluss wussten wir nicht einmal, ob wir uns nicht wünschen sollten, dass Benjamin sich die Vogelgrippe eingefangen hatte. Das hätte wenigstens bedeutet, dass nicht noch Schlimmeres der Grund für sein Ausbleiben war.

Langsam gewöhnte ich mich daran, dass die Baum mein Arbeitszimmer okkupierte, und angesichts der Sorge um Benjamin dachte ich auch nicht mehr an die Möglichkeit, dass ihr irgendwelche peinliche Zettel oder alte Manuskripte von mir unterkommen könnten.

Die Indiskretion war eher auf meiner Seite, denn die

auflöste

Baum erzählte mir in ihrer Aufgelöstheit zu viele private Sachen aus ihrem Eheleben. Ohne die beklemmende Notlage, in der sie sich befand, hätte sie mir das meiste davon nie anvertraut, und obwohl das nicht meine Absicht war, beschlich mich hin und wieder das ungute Gefühl, ich würde sie aushorchen.

Einmal kam sie nach stundenlangem Herzausschütten plötzlich zu sich und sagte betroffen: »O Gott, was ich dir alles erzähle!«

Sie entschuldigte sich für das Niederreden und war so zerknirscht, dass ich mich verpflichtet fühlte, ihr auch etwas Persönliches anzuvertrauen. Erleichtert nahm sie diesen Ausgleich an, wurde aber gleich wieder unkonzentriert und zappelig. Das erstbeste Stichwort reichte ihr, um wieder auf ihren verschollenen Mann zu kommen. Vermutlich lag es auch an meiner seltsamen Geschichte über die lebensgefährliche Blutvergiftung, die mein Vater einmal von seinem Ehering bekommen hat. Das viele Bier und der nie gekannte Überfluss an Lebensmitteln hatten die hohlwangige und zaundürre Nachkriegsgestalt binnen so kurzer Zeit in einen aufgedunsenen Oberkellner verwandelt, dass der Ehering ihm unbemerkt in den aufgeschwemmten Finger einwuchs. Die Baum ging aber nicht auf die bombastische Symbolik ein, dass man ihm im Krankenhaus den Ehering aus dem Fleisch operieren musste, um sein Leben zu retten. Sie nahm das Ganze nur als Stichwort, um auf ihre eigene Hochzeit mit Benjamin zu sprechen zu kommen.

Sie erzählte, wie der Benni sie in seiner typischen Art, die oft so lethargisch und dann wieder so impulsiv sei, sofort heiraten wollte. Nicht erst nach ihrer Heimkehr, sondern auf der Stelle, also noch in Schottland.

»Er hat sogar einen schottischen Hippiepfarrer aufgetrieben, der bereit war, mitzuspielen, und der uns dann wirklich in einer merkwürdigen Kapelle getraut hat. Die Ringe haben wir bei einer Kunsthandwerkerin in Paisley gekauft. So ein Indianerkitsch«, lachte die Baum.

»In dem Alter waren wir doch alle etwas impulsiver«, tat ich ganz gelassen. Obwohl meine Halsschlagader so laut pochte, dass ich fürchtete, die Baum könnte es auch hören.

»Und als wir zwei Wochen später von London aus heimfahren wollten, ist er gleich einmal verschwunden. Gesagt hat er, dass er doch noch schnell zum Nullmeridian nach Greenwich schauen möchte, wo man zwischen den Zeitzonen hin- und hergehen kann. Ich wollte lieber in Ruhe zusammenpacken. Dann hab ich aber umsonst auf ihn im Hotel gewartet und bin schließlich nach einer schlaflosen Nacht allein heimgefahren. Er war zwischen den Zeitzonen verschwunden. Erst ein paar Wochen später, wo ich mich schon damit abgefunden hatte, dass ich den Typen nie mehr wiedersehe, ist er auf einmal wieder dagestanden. Und was glaubst du, was er als Grund für sein Verschwinden angegeben hat?«

»Die Rinderseuche.«

»Warum weißt du das?«

»Weil er immer so betont, dass ihr euch im Jahr der Rinderseuche kennengelernt habt.«

»Die Rinderseuche. So ein Spinner! Dabei hat er einfach kalte Füße bekommen. Ich hab das ja sogar irgendwie verstanden. So eine Urlaubsgeschichte kann einem schon über den Kopf wachsen. In dem Alter. Komisch war eher, dass er dann doch wieder aufgetaucht ist. Schon seltsam, dass es von da an so gut mit uns gelaufen ist. Ehrlich gesagt hatte ich seine feige Aktion im Lauf der Jahre fast vergessen. Aber jetzt ist Vogelseuche, und er verschwindet wieder.«

Ich bemühte mich, mir nicht anmerken zu lassen, wie nachvollziehbar ich ihre Schlussfolgerung fand, und sagte: »Ich glaub, wir sollten langsam schlafen gehen. Um diese Uhrzeit fängt man an, Gespenster zu sehen.«

Aber sie war jetzt hellwach und begann damit, mir die ganze Lebensgeschichte ihres seltsamen Mannes zu erzählen. Es war nämlich so. Der Großvater von Benjamin ist im Krieg ...

[NACHKRIEGSELEND SCHILDERN, AMERIKANER SCHOKOLADE ZIGARETTEN, FÜNFZIGERJAHREBIEDERKEIT, UND WIE DAS BAYERISCHE MÄDCHEN, DAS SO DÜNN UND SO BLOND WAR, DASS SIE NOCH EIN LEBEN SPÄTER MIT DER AM 8. FEBRUAR 1984 GEBORENEN VOLLEYBALLSPIELERIN MANON FLIER VERGLICHEN WURDE, ZU DEN INDIANERN ABHAUTE, SECHZIGERJAHRE-FLOWER-POWER = HAUPTTEIL DES ROMANS. SPÄTER EINFÜGEN. NÄCHSTE WOCHE SCHNELL 50 SEITEN LEBENSGESCHICHTE ZUSAMMENSCHUSTERN.]

Es war halb drei, als die Baum endlich schlafen ging. Ich konnte mich später gar nicht mehr daran erinnern, wie ich überhaupt in mein Schlafzimmer hinübergekommen bin, wo ich augenblicklich in Tiefschlaf versunken sein muss.

Die Baum aber war jetzt zu aufgekratzt, um schlafen zu können. Deshalb saß sie noch eine Zeit lang in meinem Arbeitszimmer herum und begann, ohne böse Absicht, wie sie später beteuerte, in meinen Zettelbergen und diversen Notizblöcken herumzuschmökern.

Da ich, um mein Zettelchaos nicht völlig aus der Kontrolle zu verlieren, manchmal auf die seltsamsten optischen Kennzeichnungen verfalle, hatte ich das Buch, an dem ich seit Jahren schrieb, in ein Paisley-Geschenkpapier gebunden. Es war ein schwieriges Projekt, weil ich versuchte, eine wahre Geschichte zu verbraten. Nach diesem unfertigen Manuskript griff die Baum und begann zu lesen.

»Verrate mir bitte nicht deinen Namen«, sagte Benjamin Lee Baumgartner zu der freundlich aus ihrem kleinen Imbisscontainer auf ihn herabblickenden Burgerverkäuferin. »Ich finde, wenn man den Namen von einem Menschen weiß, ist der Zauber schon zerstört.«

Eine halbe Stunde hatte er ihren Stand umkreist, war am Greenwich Market kreuz und quer gegangen und hatte darüber nachgedacht, wie er diese Erscheinung im Wunschhineinsprech- und Beefburgerherausreichfenster durch entwaffnendes Ansprechen auf ihre Realität überprüfen könnte.

»Ich hatte nicht vor, dir meinen Namen zu sagen«, antwortete sie.

»Oder vielleicht ist der Zauber nicht sofort vollkommen zerstört, aber doch angekratzt, es ist die erste Schramme, welche dem Erosionsprozess bis zur langsamen und umso endgültigeren völligen Zerstörung Tür und Tor öffnet, denn wenn man den Namen erst einmal weiß, sind bald alle Geheimnisse verraten«, hätte er fast gesagt, sagte aber nichts mehr, denn der im Lauf einer halben Stunde gesammelte Mut war schon aufgebraucht.

»Zwiebel?«, wurde er durch das Geldhineinreich- und Zwiebelherausfragfenster gefragt.

»Obwohl ich nach deiner herben Antwort auf meine Bitte, deinen Namen für dich zu behalten, nicht mehr damit rechne, dass du mich heute noch küssen wirst, weil durch deine knallharte Replik auf meinen sorgfältig zurechtgelegten Spruch mein Mut kartenhausgleich in sich zusammengefallen ist, weil meine autosuggestiv auf allerhöchstes Niveau gebrachte Anbaggerzuversicht, die ich mit einem perfekt aufgeblasenen und freundlich überreichten Luftballon vergleichen möchte, an deiner spitzen Bemerkung zu einem gummifetzenumkränzten Nichts zerplatzt ist, das nur noch das niemals von uns im Liebestaumel überstrapazierte, in Fetzen gegangene Kondom symbolisiert, möchte ich dich doch trotz dieser allerhöchsten Kussunwahrscheinlichkeit bitten, meinen Burger ohne Zwiebel zuzubereiten«, hätte er fast gesagt, sagte aber nur:

»Ohne Zwiebel bitte, wenn es geht.«

Denn Benjamin Lee Baumgartner war von seiner Mutter sehr gut erzogen worden und sagte bei jeder sich bietenden Gelegenheit *bitte* und *wenn es geht* oder *wenn es keine Umstände macht* und *danke*.

»Aber um fair zu sein, darfst du mir deinen Namen auch nicht sagen«, lächelte die nach sekundenlangem Überlegen, nach minutenlangem Hantieren, nach stundenlangem Zappelnlassen sich doch noch zu einer schlagfertigen Antwort durchringende Beefburgerverkäuferin aus dem Herauslächelfenster heraus.

»Gut«, sagte der nun seinerseits wieder zu Mut und Übermut gekommene Benjamin Lee Baumgartner. »Jetzt, wo wir schon unsere Namen nicht kennen, ist es vielleicht nicht unangebracht, wenn ich dich frage, ob du nachher mit mir was trinken gehst.«

»Bist du Deutscher?«, fragte sie auf Deutsch.

Da sie sich vor dem Eingang zum Greenwich Market befanden und sie ihre wenigen Worte bisher auf Englisch ausgetauscht hatten, da *pleasedon'ttellmeyournameasformeIfeelthewholemagicisgoneassoonasyouknowsomeon e'snameIhadnointentiontotellyoumynameonionsnoonionspleaseifyoudon'tmindbuttobefairyoumustnottellmeyo urnameeither* zusammen mit seiner Bestellung und seiner letzten Frage den sehr überschaubaren 80-Worte-Kosmos bildeten, in dem sich ihr ganzes gemeinsames Leben abgespielt hatte, schockierte ihn diese auf Deutsch gestellte Frage, die er, obwohl auch das Rindfleisch auf der silbernen Bratplatte mittlerweile sehr laut brutzelte, deutlich und zweifelsfrei vernommen hatte.

Benjamin Lee Baumgartner war empfänglich für Akzente und Dialekte, für S-Fehler und R-Fehler, für Halskrankheiten, Heiserkeiten und Holländisch, ja sogar die bei Ertrinkenden auftretende Todesursache übte auf ihn eine gewisse Anziehungskraft aus, seit er wusste, dass Ertrinkende am Stimmritzenkrampf sterben. Noch nie aber hatte sich ein so anmutiger Akzent in seine Gehörgänge geschmeichelt, und er hätte um ein Haar geantwortet:

»Meine vorhin durchgeführte Wahrscheinlichkeitsrechnung, ob in einem von hundert oder wenigstens in einem von tausend, meinetwegen in einem von hunderttausend Fällen die Chance auf ein entwaffnetes Lächeln, auf eine Sekundenaufmerksamkeit deines Blicks, auf ein zum ewigen Wortwechsel einladendes Widerwort, auf eine Verabredung, auf einen Kuss mit nachfolgendem Geschlechtsverkehr bestehen könnte, führte dazu, dass ich hier für mein letztes Geld, obwohl ich Vegetarier und überdies gar nicht hungrig bin, einen Beefburger kaufte, weil ich mir sagte, dass meine Chance bei aller Aussichtslosigkeit immer noch größer als die Gewinnwahrscheinlichkeit beim Lotto sei, und Lotto spielen die Menschen doch auch, weshalb ich das Risiko einging, und mit allem habe ich gerechnet, nur nicht damit, dass du mir auf meine perfekt gezimmerte englische Frage auf Deutsch in einem kaum merkbaren, aber doch sexuell vollkommen überzeugenden Akzent mit der Frage antworten würdest, ob ich Deutscher sei.«

Er sagte aber nur:

»Halb.«

Denn er war zu höflich und zu wohlerzogen, um ihre Frage, ob er Deutscher sei, nicht zu beantworten.

»Halb«, wiederholte sie, während sie sich anschickte, das auf der Bratplatte zischende Rinderfleisch zu wenden. Es war eigenartig, dass sie so gut Deutsch sprach. Sie sah mehr nach Portugiesisch aus, brasilianisches Portugiesisch oder spanisches Peruanisch oder pyrenäiges Französisch oder Nazigroßvaterargentinisch.

»Hast du gar keine Angst?«, fragte sie ihn, als sie ihm den fertig gebratenen und mit ein paar behutsamen Handgreiflichkeiten zurechtgeschupften Burger auf die Fresskante schob.

»Angst ist das falsche Wort, aber blankes Entsetzen ergreift mich angesichts der Annahme, dass vielleicht in einer von hunderttausend möglichen Welten eine Gesprächsvariante existiert, in der ich auf das Stichwort *Angst* genau das Richtige antworte, aber ich errate es nicht, ich erwische die richtige Antwort nicht, verfehle sie womöglich nur knapp, zupfe an der falschen Stelle des Gesprächsfadenknäuels und ergattere eine unmittelbar neben der richtigen Antwort lauernde vollkommen falsche, vernichtend espritlose Antwort und vergeige die Chance meines Lebens«, hätte Benjamin Lee Baumgartner fast zu der Burgerverkäuferin gesagt.

»Warum Angst?«, sagte er aber nur.

»Wegen der Kuhekrankheit«, erklärte die Verkäuferin, die abgesehen von ihrer winzigen Ü-Schwäche ausnehmend gut Deutsch konnte für eine brasilianische Schönheitskönigin, für eine Tänzerin von der Copacabana, für eine französische Hauptdarstellerin im Goldene-Palme-von-Cannes-Film, für eine nordafrikanische Slumbewohnerin, die vom Fotografen auf der Straße entdeckt worden war und jetzt als weltberühmte Erscheinung in einer einzigen Stunde eine Million britische Pfund verdiente, weil sie sich als Burgerverkäuferin für die Werbung der weltumspannenden Burgerkette fotografieren ließ, hervorragendes Deutsch für eine Rachegöttin, die von den Inka zurückgeschickt worden war aus dem Jenseits, oder nicht unbedingt von den Inka, vielleicht auch von den Maya, Inka oder Maya, wegen dem Fluch, die schicken die Leute zurück, Gespenster, Untote, Rastlose, um Leute wie Benjamin Lee Baumgartner verrückt zu machen, mit einer speziellen Gehirnerweichung zu infizieren und auf diese Weise nach und nach die Erde auszurotten.

»Eigentlich bin ich Vegetarier. Ich hab mir diesen Beefburger überhaupt nur gekauft, um mit dir ins Gespräch zu kommen«, hätte er fast gesagt. »Weil ich von der gegenüberliegenden Straßenseite deine Zähne aufblitzen sah, als dir der Verkäufer vom Lederjackenstand etwas zugerufen hat, und ich dachte, so strenger Vegetarier bin ich nicht, dass ich nicht auch einmal einen Beefburger essen kann, immerhin lache ich auch über Veganer, die nicht einmal Eier essen, keine Lederschuhe tragen, und ich frage mich immer, ist es für eine Veganerin überhaupt erlaubt, durch Geschlechtsverkehr männliches Eiweiß in sich aufzunehmen, oder greift da auch schon der Tierschutz?« Er sagte aber nur: »Was für eine Kuhekrankheit?« Er konnte es nicht glauben, dass er durch dumme Akzentimitation, durch kleinliches Herumreiten auf der einzigen Schwachstelle ihres nahezu perfekten Deutsch, der etwas mangelhaften Ü-Intonation, das immense Risiko einging, bei ihr für alle Zeiten üntendürch zü sein.

»Wir haben in England eine neue Seuche«, erklärte sie auf Deutsch. »Hast du noch nicht davon gehört? Die madcowdisease.« »Die was?«, fragte er, weil ihm ihr letztes Wort in rasendem Tempo um die Ohren geflogen war. »Mad. Cow. Verruckte Kuhe!« Er war sehr erleichtert, dass sie seinen dummen Ü-Spott nicht bemerkt hatte und sein Horrorszenario nicht Realität geworden war, sehr erleichtert, dass nur eine Seuche im Anmarsch war, dass bloß eine Pandemie die Erdbevölkerung mit der Ausrottung bedrohte, wie er soeben von ihren ihn verrücktmachenden Lippen ablas, die einen bösartigen Sprech- und Lächelzauber aufführten, nur eine neue Krankheit, die Löcher in die Gehirne machte, aber nicht seine Chancen bei der Burgerverkäuferin minderte, deren Ausführungen über die neue Krankheit er mit großem Interesse folgte. Es war das Jahr 1988. Benjamin Lee Baumgartner war dreiundzwanzig Jahre alt. Er hatte sich gerade zum ersten Mal im Leben richtig verliebt, die Inka hatten Leute zurückgeschickt, oder die Maya, das ist bis heute nicht geklärt, irgendeine Rache von irgendeinem ausgerotteten, sehr attraktiven Volk, und vermutlich ging später die Welt dadurch unter, aber zum Glück hatten sie die Agentin ausgerechnet auf ihn angesetzt, und er konnte, bis alles zusammenbrach, bis die Menschheit zum Teufel ging, mit ihr seine letzten Lebenstage noch in vollen Zügen und vielaktigem Geschlechtsverkehr plus Gesprächen zwischendurch genießen. »Zum Glück hast du das Fleisch so gut durchgebraten«, sagte Benjamin Lee Baumgartner und biss, um seine Unerschrockenheit unter Beweis zu stellen,

[illegible]

»Du blöder Hund!«

Es war das erste Mal in meinem Leben, dass ich aufgeweckt wurde, indem mir jemand mein Manuskript über den Schädel drosch. Und bei jedem Schlag wiederholte die Baum mit noch lauterer Stimme:

»Du blöder Hund!«

Genau gesagt – es lässt wohl auf irgendein Selbstschutzmanöver meiner Psyche schließen, dass sie sich dem pedantischen Einprägen von Details gewidmet hat – schlug die Baum mir das Manuskript je zweimal pro *blöder Hund* auf den Kopf, und zwar immer bei *blö* und bei *Hund*.

Ich kannte mich komischerweise sofort aus, obwohl sie mich aus einem Traum gerissen hatte, in dem ich als Schiflieger sehr elegant ein paar Meter oberhalb der Autobahn parallel zum gemächlichen Fließverkehr in beglückender

Reisegeschwindigkeit dahinschwebte und mir gerade ganz gelassen und ohne jegliche Angst überlegte, ob ich genug Höhe gewinnen konnte, um die massive Brücke, der ich immer näher kam und die mir wie ein steinernes Wehr im Weg stand, unzerschellt zu überfliegen.

»Du blö!«, schrie sie und holte mit dem Zettelpack zum nächsten Schlag aus: »der Hund!«

Ich hatte die Baum noch nie die Fassung verlieren gesehen. Nicht einmal in Situationen, wo es berechtigt gewesen wäre. Um sich in der idiotischen Rolle einer Drama-Queen zu gefallen, war sie zu intelligent. Ruhig und würdevoll und zurückhaltend, das war die Baum. Jetzt aber zeigte sie mir, dass sie auch andere Saiten aufziehen konnte, und brüllte: »Seit wann weißt du es schon?«

»Was denn?«

Ich fragte mich, wie sie es geschafft hatte, aus der Schleife auszusteigen. Sie hätte doch am Ende des Buches wieder an die Stelle kommen müssen, wo ich schlafen gehe und die Baum in meinem Arbeitszimmer sitzt und zu lesen beginnt. Dann hätte die Geschichte ein drittes Mal von vorn beginnen müssen, und wieder wäre sie am Ende zu der Stelle gekommen, wo die Baum in mein Arbeitszimmer geht und zu lesen beginnt, und die Geschichte hätte ein viertes Mal angefangen und so weiter, bis mein Roman *Verteidigung der Missionarsstellung* so dick geworden wäre, dass nicht nur alle Wälder der Erde hineingewandert wären in mein gefräßiges Buch, sondern auch für die Erde wäre bald kein Platz mehr gewesen, Mond und Sonne auch nicht, nur noch mein Buch.

»Green!« *(wusch)*

»wich!« *(wusch)*

»Mar!« *(wusch)*

»ket!« *(wusch)*

Dass ihr mein Manuskript nicht leidtat, wunderte mich nicht, aber normalerweise hätte die Baum Mitleid mit dem schönen Paisley-Karton gehabt, den sie mir um die Ohren haute.

Als ich zu Wort kam, behauptete ich, die Geschichte vom Greenwich Market wäre nur erfunden. Darum sei ich ja so allergisch dagegen, dass Leute mein Arbeitszimmer betreten. Weil sich darin so viele unausgegorene Versuche befinden, Rohmaterial, das man nicht lesen darf. Weil es peinlich ist. Und wie man jetzt sieht, auch noch gefährlich! Unbefugtes Hantieren mit gefährlichen Stoffen! Das ist, wie wenn du in ein Chemielabor reinlatschst und einfach ein paar Flaschen aufmachst!

Die Baum glaubte mir kein Wort.

»Du Arsch!«, sagte sie und verließ meine Wohnung mit dem zerfetzten Manuskript unter dem Arm.

(An der Linie erkennt man, dass inzwischen einige Zeit vergangen ist.)

Und noch ein paarmal schlafen, und Benjamin Lee Baumgartner konnte sein Zimmer in 成都 wieder verlassen. Und noch ein paarmal schlafen, und er war wieder daheim.

Und noch ein paarmal schlafen, und es war klar, dass er und die Baum, das beste Paar, das ich jemals gesehen habe, sich nicht mehr zusammenraufen würden. Raufen, ja. Zusammen, nein. Er war mir nicht böse, dass seine Frau aus meinem herumgammelnden Computerausdruck die achtzehn Jahre alte Geschichte erfahren hatte. Am Anfang dachte er noch, der Beweis dafür, dass er auch damals nur ein Seuchenopfer war, liege doch gerade darin, dass ihm die Vogelseuche ganz ähnlich mitgespielt hat. Aber mit seinen ausführlichen Berichten über die chinesische Seuche und ihre Folgen hat er die Baum nur noch zorniger gemacht.

Dass Benjamins Schübe zeitgleich mit zwei weltbedrohlichen Tierseuchen auftraten, kostete die Scheidungsanwältin nicht einmal ein Lachen.

[EVTL. DOCH EIN LACHEN BEHAUPTEN? WÄRE GUTER ÜBERGANG. WIE SICH BEIM LACHEN DER SCHEIDUNGSANWÄLTINNENLIPPENSTIFT IN DIE BREITE ZIEHT, EINEM DEHNBARKEITSTEST UNTERZOGEN WIRD, AN DEM DER LIPPENSTIFT SCHLIESSLICH SCHEITERT UND BRÜCHIG WIRD, SPRÜNGE KRIEGT WIE DER AUSGETROCKNETE BODEN VON TESUQUE, AUF DEM BENJAMIN SICH DREI JAHRE SPÄTER AUF DER FAHRT NACH ANGEL FIRE ÜBERGEBEN MUSS.]

Die Scheidungsanwältin und ihre Klientin sahen im zeitlichen Zusammentreffen seiner Eskapaden mit den Seuchen nur einen Zufall, einen an den Haaren herbeigezogenen lächerlichen Versuch, die Verantwortung abzuwälzen. Eine Zeitgleichheit, keine Kausalität. Einen Begleitumstand, keine Ursache. Auch wenn Benjamin mein bester Freund ist, neigte ich anfangs natürlich dazu, mich der Meinung seiner Exfrau und der Argumentation ihrer Anwältin anzuschließen. Zu gespenstisch waren die Schlüsse, die er aus den Ereignissen zog.

Für ihn war immer klar, dass mehr als nur ein zeitlicher

Zusammenhang zwischen den beiden Seuchen und seiner selbstvergessenen Hingabe bestand. Es konnte kein Zufall sein, dass er sich ausgerechnet im Jahr 1988 und dann noch einmal im Jahr 2006 um den Verstand verliebte. *Noch dazu*, wo er bei Ausbruch der Seuchen vor Ort war. So seltsam argumentierte Benjamin, alles, was den Zufall überhaupt erst erzeugte, war für ihn gleich in einer zweiten Runde ein *noch dazu*.

Wenn man einem Menschen seine Erklärungsversuche nicht glaubt, wenn man gute Argumente dagegen vorbringt, kann es vorkommen, dass er davon ablässt. Ebenso oft, wenn nicht öfter, passiert es aber, dass er sich erst recht hineinsteigert, sich verengt und lieber alles, woran er bisher geglaubt hat, diesem einen liebgewordenen Erklärungsmodell opfert, bevor er davon ablässt.

Wobei man nicht behaupten kann, Benjamin hätte von seiner These nicht abgelassen. Er hat davon abgelassen. Sofern man die Zuspitzung eines Arguments auch als Verwerfen der als zu weich erkannten alten Variante versteht. Von der zunehmenden Verschärfung seiner These erfuhr die Baum aber nichts mehr. Sie redete seit der Scheidung nicht mehr mit ihm. Jetzt konnte er es nur noch mir erzählen. Es sei doch auffällig, dass die Seuchen, die ihn um den Verstand gebracht hätten, dann nie richtig ausgebrochen seien. Immer die große Bedrohung mit einer weltumspannenden Seuche, und dann war nicht viel. Es könnte doch sein, dass er die Seuchen auf sich gelenkt und abgefangen hat. Wie ein Blitzableiter. Wie ein Winkelried. Wie ein Leibwächter für die ganze Welt.

Ich bin in einer katholischen Schule aufgewachsen und mit solchen Opferlammgeschichten seit frühester Kindheit vertraut. Aber an Benjamin Lee Baumgartner, der sich einbildete, mit seinem Gefühlsexzess eine Art Opfer gebracht und damit die noch im Ansatz befindlichen Seuchen daran gehindert zu haben, sich zu den prognostizierten weltweiten Pandemien auszuweiten, ist der Kelch einer religiösen Erziehung vorübergegangen. Abgesehen von den Räucherstäbchen und dem bisschen Klimbim seiner esoterischen Mutter. Vielleicht hätte er sonst mehr Hemmungen gehabt, so erlösermäßig die Sünden der Welt auf sich zu nehmen.

[LIEBER STREICHEN. NERVT. AUSSERDEM – BIS ICH DA VON DEN OPFERLÄMMERN, DIE IN UK ZERRIEBEN UND AN DIE PFLANZENFRESSENDEN KÜHE VERFÜTTERT WURDEN, ZUR SCHWEINEGRIPPE KOMME, STELLT ES MICH DREIMAL AUF!! UND WIE VIELE LEUTE WISSEN HEUTE ÜBERHAUPT NOCH, DASS JESUS DEN AUSGETRIEBENEN DÄMON IN EINE SCHWEINEHERDE SCHICKTE? WENN SCHON, DANN BESSER WAS INDIANISCHES SUCHEN, WO DERSELBE GEDANKE ZUGRUNDE LIEGT. ODER ÜBERHAUPT STREICHEN. ODER ERST HINTEN BEI DER SCHWEINEGRIPPE EINFÄDELN.]

Am beunruhigendsten aber sind Benjamins Erklärungen, die er drei Jahre nach der Scheidung von seiner Reise in das Indianerreservat mitbrachte. Aus der Gegend von Santa Fe, wo seine Mutter seinen Vater kennengelernt hatte. Seither behauptet er nicht mehr, dass er die Seuchen abgefangen hat. Nicht der Erreger ist auf ihn übergesprungen und hat ihn verrückt gemacht. Sondern das Gegenteil ist wahr. Er war es, der die Seuchen ausgelöst hat. Er muss schon in Paisley, als er die Baum kennenlernte, die Rinderseuche ausgelöst haben, die dann ein paar Wochen später in London voll zum Ausbruch kam. Wegen der Inkubationszeit.

Diese radikale Version hörte ich zum ersten Mal, als er aus New Mexico zurückkehrte, wo er von den amerikanischen Gesundheitsbehörden am 2. April 2009 als das weltweit erste Opfer der Schweinegrippe registriert wurde.

Santa Fe 2009

Gelandet bin ich um – weiß ich nicht mehr genau. Am Nachmittag muss das gewesen sein. Dortige Zeit, Albuquerque-Zeit, ja, keine Ahnung, zwei Stunden später als New York oder so. Ich hab ja in New York den Anschlussflug verpasst, darum war ich so lange unterwegs. In Europa muss es da schon wieder Richtung Morgen gegangen sein. Also, mir hat irgendwie eine ganze Nacht gefehlt. Eine super Aussicht hast du da, Wahnsinn. Da will man ja gar nicht mehr hinaus. Nein, überhaupt nicht geschlafen. Ich kann im Flugzeug nie schlafen. Im Auto auch nicht. Aber wie ich endlich in Albuquerque war, hab ich mich total fit gefühlt. So hässlich ist Albuquerque auch wieder nicht. Natürlich im Vergleich zu Santa Fe. Da heißt es dafür wieder, es ist fast zu schön. Also kitschig, Indianermuseum. Manchmal muss man sich wirklich fragen. Okay – mein Vater. Du darfst es auf keinen Fall so hindrehen, als wäre ich deswegen hingefahren. Weil ich ihn suchen wollte oder so. Werden zwar trotzdem alle so verstehen, das ist klar. Aber das ist dann dein Problem. Nein, mir ist es egal, ich hab nichts gegen so. Psychologie. Es stimmt nur nicht in meinem Fall. Da müsste ich ja blöd sein bei den wenigen Sachen, die ich gewusst hab von meinem Erzeuger. Dass ich da glaube, ich kann den finden.

Eigentlich nur den Vornamen. Ausgerechnet Jim. Was, wegen der Baum? Wegen der Scheidung oder wie? Das war doch schon drei Jahre her! Ich fahr doch nicht drei Jahre nach der Scheidung aus Scheidungskummer. Klar hab ich das immer schon gewusst. Ich hab ja auch niemals gesagt, dass mein Vater von einem Postautobus zusammengefahren worden ist. Ich hab immer gesagt, er ist in einen Postautobus *gerannt*! Und gerannt ist er ja! Von meiner Mutter weg und in den Fluchtautobus hinein. So stelle ich es mir eben vor. Erinnern kann ich mich nicht, aber meine Mutter hat immer gesagt, er ist mit dem Bus weggefahren. Ja genau, eben mal kurz mit dem Bus Zigaretten holen. Jedenfalls wollte ich ihn nicht richtig suchen in dem Sinn. Nur so eine generelle Idee. Da einmal hinfahren, wo meine Gene herumliegen, und schauen. Außerdem hab ich schon öfter gehört, dass es da ganz schön sein soll. Albuquerque. Santa Fe. Taos. Das sind ja schon so Namen! Ich sag immer *hingefahren,* komisch. *Hingeflogen* kommt mir irgendwie blöd vor. *White Sands. Pojoaque. Angel Fire.* Mit schönen Namen kann man mir wirklich. Die Baum zum Beispiel! Ihre dummen Freundinnen haben sich immer aufgemandelt, dass ich ausgerechnet meinen Namen zu ihr gesagt hab. *Jetzt sagt der Baumgartner auch noch* die Baum *zu ihr!* Dabei war es umgekehrt. Die haben keine Ahnung gehabt, dass ich mich nur deswegen in sie verliebt hab. Ja klar, weil ich mir sofort gedacht hab, wie hübsch es wäre, diese zierliche Frau *die Baum* zu nennen. Was eben unsere Eheschließung vorausgesetzt hat. Pass nur auf, dass du keine auf den Deckel kriegst, wenn du das schreibst. Ihr wirklicher Name hat mir nicht gefallen. Sie hat ihn mir gleich gesagt. Furchtbar. Da hätte ich ja immer an ihre Eltern denken müssen, die ihr diesen Namen verpasst haben. Im Paisley-Museum, ja genau. Vielleicht haben die floralen Muster in mir diese Baumgedanken ausgelöst. Keine Ahnung, ehrlich gesagt. Jetzt rede ich schon wieder von der Baum. Am Ende schreibst du noch einen Roman über die Baum statt über mich. Ja, Albuquerque, Hotel und so weiter, das kannst du dir selber ausdenken. Du sagst ja immer, dass das Erfundene echter wirkt. Außerdem kann ich mich auch nicht mehr besonders gut erinnern. An die Einzelheiten. Außer an die *Playboy*-Ohrringe der Rezeptionistin, weil die so überfreundlich war. Und da haben die Haserln immer gewackelt beim Überfreundlichsein. Nein, ich mag das ja. Ehrlich! Ich finde es blöd, dass man den Amerikanern ihre Freundlichkeit vorwirft. Freundlichkeit ist doch immer oberflächlich. Man wirft doch der Haut auch nicht vor, dass sie oberflächlich ist. Jedenfalls fragt sie gleich, was mich nach Albuquerque verschlägt. Als wäre ich der erste Europäer im Hotel. Und ich sag. Das ist schon komisch, dass ich das gesagt hab, weil es ja gar nicht gestimmt hat. Aber nur, damit ich der freundlichen Person eine ordentliche Antwort gebe, sag ich, dass ich meinen Vater hier suche. Als hätte die Freundlichkeit mich zu einer entsprechend dosierten Antwort gezwungen. Vielleicht auch, weil sie so hübsch war. Nein, keine Indianerin. Eher white trash, würde ich sagen. Aber sehr. In einer Uniform, weißt du. Dass ich vielleicht deshalb was Interessantes sagen wollte. Und dann sagt sie gleich, wenn dein Vater ein Indianer war, fragst du am besten beim Büro für Indian Affairs. Ja, *Office of Indian Affairs*, so heißt das. Kannst du ja googeln. Dadurch ist das überhaupt erst ins Rollen gekommen, weil die so fasziniert getan hat. Romantic story, und da gehst du am besten ins Indian-Affairs-Office. Ich glaub, sonst hätte ich gar nie was unternommen. Aber ein Wort ergibt das andere. Ich hab noch gesagt, dass es nicht viel bringen wird, weil ich ja nur den Vornamen weiß. Ausgerechnet Jim. A very frequent name, hab ich zu allem Überfluss noch erklärt. Aber sie hat ganz ernst geantwortet: You never know your stars. Ich weiß auch nicht, wieso, ich mag diese Redewendung irgendwie. Wahrscheinlich ist sie für andere Leute genauso blöd wie all diese Sprüche und Durchhalteparolen. Aber bei mir rührt das irgendwas Positives an, dass du es nicht wissen kannst, wie die Sterne für dich stehen. Eine Hoffnung, und Lotto spielen die Leute doch auch! Da darf man doch vielleicht mit einer ähnlichen Wahrscheinlichkeit darauf setzen, dass die Sterne gerade gut stehen könnten für einen. Jedenfalls finde ich das viel weiser als unser Horoskopgequatsche. Ja sicher, ein Riesenunterschied. Ob man sagt, dass man es nie wissen kann, oder ob man den dummen Anspruch hat, es verstehen zu können. Das ist ja das Gegenteil! Damit hat die Baum mich manchmal fertiggemacht. Ihre Freundinnen, das glaubst du gar nicht, die waren wirklich so drauf. Diese Kackthemen, Astrologie, Numerologie, Allergie. Tarotkarten! Die glauben wirklich, dass das Weltall in ihre Schrumpfköpfe passt! So was regt mich auf. Wenn die Leute dieses wissende Lächeln kriegen! Aber ich rede schon wieder über die Baum. Sonst war nicht mehr viel an dem Tag. Im Hotel eingecheckt hab ich am Abend. Dann kann ich aber nicht am Nachmittag gelandet sein, warte. Ich war ja vom Flughafen nicht lange unterwegs. Dann bin ich am frühen Abend gelandet. Wie spät war es dann hier? Nein, nur interessehalber. Nur weil ich so müde war, und für meine innere Uhr war es jetzt eben schon viel später, schon Morgen, und ich hab eine durchwachte Nacht hinter mir gehabt, darum geht es mir. Am Morgen kann ich überhaupt nie einschlafen, egal wie müde ich bin. Aber das brauchst du nicht schreiben, sonst heißt es gleich wieder, cool, diese Indianer, wenn die einmal wach sind. Kennst du das nicht? Ja, naturverbunden eben, sie haben ja auch das Schlafzimmer immer nach Osten. Ich bin dann einfach ein bisschen durch Albuquerque spaziert, wie ich eingesehen hab, ich kann nicht einschlafen. Weil die Hotelbar schon geschlossen war. Schreib einfach, dass ich herumspaziert bin, bis es hell geworden ist. Egal, meinetwegen kannst du den Lapdance-Schuppen ruhig erwähnen, aber die waren ja auch schon beim Zusperren. Das war schon ziemlich kaffig, alles zusammen. Als kleines Kind glaubt man, in Amerika ist die Hölle los, *Die Straßen von San Francisco* und so. Ich hab mir dann mit dem Hotelfernseher die Zeit vertrieben, bis das Frühstück angefangen hat. An deiner Stelle würde ich gleich alles nach Santa Fe verlegen, dann kannst du Albuquerque überspringen. Weil das ist ja uninteressant eigentlich. Da gibt es sicher auch ein Office of Indian Affairs, wenn es in Albuquerque gleich drei gibt. Ja wirklich. Darum bin ich ja zuerst zum falschen. Zuerst bin ich in das Office of Indian Affairs in der, wie hat das geheißen. Gold Street oder Gold Avenue. Dort haben sie mir gesagt, dass ich mich mit meinem Problem am besten an ihr Büro in der Indian School Road wende. Und da war ich dann wieder falsch. Aber mir hat es nichts ausgemacht. So lernst du eine Stadt auch kennen. Ich hab ja sowieso nicht geglaubt, dass ich irgendwas. Von der Indian School Road haben sie mich jedenfalls an das nächste Büro überwiesen, das war fast wie beim Buchbinder Wanninger. In der Northwest Street war ich dann richtig. Office of Indian Affairs in der Northwest Street. Glaub ich jedenfalls. Oder Southwest? Da bin ich dann zu Dr. Sampson geschickt worden, das war schon – da hab ich schon kurz geglaubt, ich dreh langsam –. Zum Glück war Dr. Sampson dann kein Mann, und sie hat dem Chief Bromden auch überhaupt nicht ähnlich gesehen. Eher so ein bisschen, wie soll ich sagen, so ein bisschen Whoopi Goldberg vielleicht. Nein, schon eine Indianerin, aber sicher keine Muskogee. Was wird die gewesen sein, Diné oder Pueblo, schätze ich. Nein, der Schauspieler war ein Muskogee, ich kann mich nicht erinnern, ob das im Film erwähnt wird, zu welchem Stamm der Chief Bromden gehört. Einfach ein Zufall, aber du kannst sie ja umtaufen. Jedenfalls hat die Frau Dr. Sampson mir erzählt, dass zu ihr schon öfter Europäer gekommen sind, die auf der Suche nach ihrem Vater waren. Oder sogar Großvater. All those hippie girls in the sixties, hat sie geseufzt. Mir ist sogar vorgekommen, dass sie dabei ein bisschen den Kopf geschüttelt hat. Kann aber auch Einbildung sein, weil es mir so peinlich war. Zum Glück hat sie gleich weiter geredet, dass ich der erste Mann bin, der mit diesem Anliegen bei ihr auftaucht. Sonst immer die Töchter. Oder Enkelinnen. Da hab ich gesagt, wahrscheinlich weil sich Frauen mehr für ihre Familien interessieren. Keine Ahnung, ob das stimmt, jedenfalls hab ich's gesagt. Einfach irgendwas reden, um diese Bemerkung wegzuwischen. *All those hippie girls!* Da kommst du dir ganz schön blöd vor. Schon wieder so ein Urlaubsbastard von einer Sextouristin. Nein, spüren lassen hat sie mich das nicht! Das ist rein von mir gekommen, ich hab mir gedacht, was denkt die wohl. Jetzt kommt die Brut von den Sextouristinnen, die auf unsere Jungs scharf waren. Stimmt doch, oder? Kommen die auch noch daher und wollen ein bisschen kulturell kuscheln. Ja sicher, so gesehen schon. Ich wollte jedenfalls nur so schnell wie möglich weg aus dem Büro. Ich hab abgewimmelt und betont, dass ich mir keine richtigen Hoffnungen mache. Dass ich nicht viel Aufwand treiben will. Weil ich pessimistisch bin, dass da was zu finden ist. So Sachen eben. Und sie ganz streng: You must not be pessimistic. Ich sehe heute noch ihr ernstes Gesicht vor mir. *You must not be pessimistic.* Es war nicht unbedingt tröstlich, sondern eher, wie soll ich sagen. Wie ein Gesetzestext, elftes Gebot, oder erster Zusatz zur amerikanischen Verfassung: Du darfst nicht pessimistisch sein. Weil sie mich so angeschaut hat durch ihre dicken Brillengläser. Richtige Glasziegel. An Whoopi Goldberg hat sie mich jetzt nicht mehr so stark erinnert. Kaum dass man wen näher kennenlernt, erinnert er einen nicht mehr so stark an wen anderen, das ist interessant. Das kannst du schreiben, wenn du willst, das ist ein Gedanke, finde ich. Dann hat sie die Glasziegel auf den Schreibtisch gelenkt und ihre Notizen zusammengefasst. *Wir wissen immerhin, dass Ihr Vater Jim hieß, dass er in Angel Fire geboren wurde, dass er um das Jahr 1940 geboren wurde, dass er sich zeitweise in Santa Fe und Taos aufhielt, dass Ihre Mutter ihn in Taos kennengelernt hat und dass er eine Zeit lang nach Deutschland gegangen ist. Ist das alles korrekt?* Das war mir total unangenehm. Dass das auf einmal so konkret geklungen hat. Ich hab dann total sinnlos erklärt: In German we say: Too much to die, too little to live. Und sie hat mich wieder durch ihre Glasziegel angestarrt und gesagt: But you never know your stars. Das war schon komisch, dass ich den Spruch schon wieder serviert kriege. Zuerst hörst du das Jahre oder Jahrzehnte lang nicht, und dann hörst du es zweimal innerhalb von – wie lange war ich jetzt da? Nicht einmal vierundzwanzig Stunden! Dann hat sie ihre Notizen noch einmal studiert, als würden die paar Fakten weißgott wie umfangreiche Informationen enthalten. Und dann hat sie gefragt, ob ich am nächsten Tag noch einmal kommen kann, und sie schaut inzwischen, was sie herausfindet. Am Nachmittag hab ich mir dann den Nissan gemietet. Da bin ich zum Automatikfan geworden, das muss ich ehrlich sagen. Ich bin stundenlang herumgefahren. Richtig euphorisch. Die Radiomusik, die Luft, die Landschaft, die Automatik. Kann schon sein, dass der Schlafmangel auch was ausgemacht hat. Angeblich gibt es das sogar als Therapieform. Bewusster Schlafentzug. Damit kann man Depressive aus ihrer Lethargie reißen. Keine Ahnung. Dass ich meine Kräfte nicht überschätzen darf, ist mir erst bewusst geworden, wie mir in einem Supermarkt die eiskalte Wasserflasche aus der Hand gefallen ist. Zum Glück aus Plastik. Die anderen Kunden haben offenbar nicht gefroren, von denen hat keiner gezittert. Sogar die Kassiererinnen haben nur T-Shirts angehabt. Und die sind den ganzen Tag da drinnen. Und mir haben die Knie geschlackert! Draußen war es dann dafür unerträglich heiß, und beim Starten ist mir aufgefallen, dass fast kein Benzin mehr im Tank war. Das ist ja immer so unterschiedlich bei den Mietwagenfirmen, bei den einen kriegst du den Wagen vollgetankt und musst ihn voll zurückbringen, bei den anderen leer. Meinen hab ich leer übernommen, aber vom Vormieter war noch einiges drinnen. Darum hab ich nicht gleich getankt. Und erst jetzt war er leer. Auf einmal hat mich die Panik überfallen, dass ich stundenlang durch die Wüste gekurvt bin, und was wäre gewesen, wenn mir das Benzin ausgegangen wäre. Ohne Wasser auf irgendwelchen gottverlassenen Nebenstraßen, wo nur alle drei Wochen ein Auto vorbeikommt. Das Handy hab ich auch im Hotel gelassen. Ich wollte ja nicht in Amerika von daheim angerufen werden. Aber die Blöden haben das Glück. Nach dem Tanken bin ich sofort ins Hotel zurückgefahren. Dort war es noch nicht einmal Zeit zum Abendessen. Ich hab mich gezwungen, mit dem Essen bis sieben zu warten, damit ich endlich in einen Rhythmus hineinkomme. Bis dahin wollte ich lesen. Aber ich hätte mich nicht auf das Bett legen dürfen. Das war ein super Bett, mindestens zwei Meter breit für mich allein! Das darfst du aber nicht zu genau beschreiben, sonst schlafen dir die Leute mit dem Buch in der Hand ein. Bedenkt man das eigentlich als Schriftsteller, dass die meisten Leute im Bett lesen, um müde zu werden? Beim Aufwachen hab ich mich zuerst überhaupt nicht ausgekannt. Es war finster, und die Leuchtreklame von einem Steakhouse hat in mein Zimmer hereingeblinkt. Ich bin also hinüber und hab ein riesiges T-Bone-Steak gegessen. Und ein paar Bier dazu. Ja, das ist schon seltsam bei mir, wenn ich einmal Fleisch bestelle, dann richtig. Auf einem riesigen Holzbrett haben sie das serviert, french fries wie für eine Großfamilie. Bei den Portionen wundert einen nicht, dass die alle so fett werden. Ich hab alles aufgegessen. Es war so wahnsinnig gut! Das war so eine Stunde vor Mitternacht. Die restliche Zeit bin ich wieder vor dem Fernseher gesessen und hab auf das Frühstück gewartet. Gegen Morgen hab ich Angst gekriegt, dass ich jetzt doch noch einschlafe und den Termin bei Dr. Sampson verschlafe. Ich bin aber wach geblieben, und Dr. Sampson hat mich mit einer Herzlichkeit begrüßt, als wären wir alte Freunde. Much to my regret! Ihr Tonfall klingt mir noch in den Ohren. Sie musste mir *much to her regret* sagen, dass sie nichts über Jim, den Navajo, der einmal in Europa war, herausgefunden hat. Allerdings hat sie mir einen Tipp gegeben und *highly recommended,* dass ich ihn beherzige. Ja genau, jetzt hätte ich das Senfei fast vergessen. Hast du schon einmal ein hartgekochtes Ei mit Senf gegessen? Super! Aber es muss süßer Senf sein! Das ist echt pervers. Jedenfalls sagt sie, in Senfei gibt es einen Mann, der die Geschichte der native Americans zu seinem Lebensinhalt gemacht hat. *Senfei,* Wahnsinn! Sie hat es so arg gezogen, dass es ein paar Sekunden gedauert hat, bis ich geschnallt hab, dass sie Santa Fe meint. Ich bin ja seit meiner England-Reise immer noch eher auf das britische Englisch eingehört. Da nützen die ganzen Gene nichts. Nach Santa Fe hatte ich sowieso fahren wollen. In meinem Reiseführer war natürlich kritisch angemerkt, dass es dort fast zu schön ist. Eine Art Freilichtmuseum der terracottafarbenen Lehmhäuser. Das ist schon was eigenes heutzutage, dass schon die Reiseführer so kritisch sind. Bald wird es nur noch Reiseführer geben, in denen drinnensteht: Bleib daheim, schone die Umwelt und spende dein Urlaubsbudget an *Ärzte ohne Grenzen.* Ich hab mich bei Dr. Sampson bedankt, und beim Rausgehen hat sie mir noch mit gekreuzten Fingern nachgewunken. Nachgewinkt – sagt man *gewinkt* oder *gewunken*? Aber sie hat eh nicht gewunken in dem Sinn, sondern so mit den Fingern gedeutet, eben *fingers crossed*. Das war echt eine total nette Frau! Weil es noch nicht Mittag war, bin ich gleich ins Hotel zurück, hab mein Zimmer bezahlt und bin mit dem Nissan die vierzig Meilen nach Santa Fe. Ja, nur vierzig Meilen, hat mich auch gewundert. Wie viele Kilometer das genau sind, kannst du dir selber ausrechnen. Oder du überlässt es dem Leser. Ich muss übrigens immer lachen, wenn die Übersetzer ungefähre Maßangaben haarklein umrechnen. Manchmal steht im Original, ein Typ war *ungefähr sechs Fuß groß*, und dann übersetzen die, er war *ungefähr einen Meter dreiundachtzig groß*! Das ist so unangenehm, man kann nicht *ungefähr einen Meter dreiundachtzig* groß sein, sag das einmal den Leuten in deinem Verlag. Außerdem steht da immer: *Er kam zu einer T-Kreuzung*. Da vergeht mir schon alles! Echt? Mit der Holländerin? Kann ich mich nicht erinnern, dass wir darüber geredet haben. Schon möglich. Über solche Sachen denkt man eben nach, wenn man allein mit dem Auto unterwegs ist. Wobei die vierzig Meilen zwar nach einer kurzen Distanz klingen, aber das Wilde sind die Höhenmeter, die man zurücklegt. Santa Fe liegt auf über 2200 Metern! Albuquerque immerhin auch schon auf 1600. Also ungefähr 612,4 Meter und drei Zentimeter Unterschied. Auf dieser kurzen Strecke! Diese Höhenluft ist schon ein Wahnsinn. Mich hat in Santa Fe ein richtiger Glücksrausch überwältigt. Ja klar, von der Höhenluft kommt das. Du musst es ja nicht *Glücksrausch* nennen, wenn du Angst hast, dass du eine auf den Deckel kriegst.

Aber es war einer! Da kannst du dich ja schriftstellerisch ein bisschen ins Zeug hauen, dass du den Glücksrausch rüberbringst, ohne dass du *Glücksrausch* sagst. Nein, ich verarsch dich nicht, sei nicht so empfindlich. Du kannst den Scheißglücksrausch ja auch weglassen, klingt eh immer blöd so was. Jedenfalls ist es sicher nicht nur an der Schlafentzugseuphorie gelegen und nicht nur an den roten Lehmhäusern, die in der Sonne richtig geglüht haben. Ja, *Adobe*, das ist ja danach benannt, glaub ich. Sondern an dieser dünnen Höhenluft. Noch nie hab ich mich in der Hitze körperlich so wohl gefühlt. Du weißt ja, wie ich immer gleich herhänge im Sommer. Hier war die Wüstenhitze durch die Höhe auf so eine Art gemildert, dass die Hitze sich angefühlt hat wie die feinste Frühlingstemperatur. Also Hochsommer, aber angenehm frisch! Das ist wie – dir wird schon irgendwas einfallen. Wahnsinnig fein jedenfalls. Das Hotel hat auch wie ein Pueblo ausgesehen. War aber kein echtes, also nicht aus Lehm, sondern aus Beton. Aber trotzdem lustig irgendwie. Klar schlachten die das aus. Indianerkitsch, das kannst du ja dann im Buch durchklingen lassen, aber mich hat's in dem Moment nicht gestört. Im Hotel hab ich's nicht lange ausgehalten und bin gleich durch diese kühle Mittagshitze auf den Marktplatz spaziert. Ziemlich schöner Platz, mit so Arkaden rundherum, wo meine Verwandten im Schatten gesessen sind und rote Chili-Kränze und Silberschmuck angeboten haben. Da hab ich gleich beim ersten meinen Ring gesehen. Den mit der Bärentatze, den ich am Greenwich Market verscherbelt hab. Der Schmuckhändler hat eine große Brille mit dicken Gläsern gehabt, so ähnlich wie Dr. Sampson, nur war er kurzsichtig, weil man hat seine Augen fast nicht gesehen. Und einen kugelrunden Bauch hat er gehabt, dadurch hat er eher wie ein bayerischer Bierbrauer gewirkt, der sich für den Faschingsball eine schwarze Bastperücke aufgesetzt hat. Früher sind die Leute ja gern als Indianer gegangen im Fasching. Heute nicht mehr so, glaub ich. Ich hab den Ring probiert, aber er war viel zu klein. Mein echter, also der damalige Ring, der hat ja hinten einen Schlitz gehabt, verstellbar. Aber der hier nicht. Da hat der Indianer ein Säckchen aufgemacht und noch zwanzig, dreißig gleiche Exemplare auf sein Tuch geleert. In allen Größen. Das war schon ein bisschen komisch für mich, und ich bin weiter gegangen, ohne einen zu kaufen. Aber beim nächsten Händler ein paar Meter weiter hab ich den Ring wieder gesehen. Schließlich hab ich dann doch einen gekauft, bei einer alten Frau, die halb schlafend unter einer Arkade im Schatten gesessen ist und meinen Geldschein kommentarlos eingesteckt hat. Zehn Dollar hat er gekostet, wahrscheinlich hätte ich handeln sollen, aber was soll's. 1988 für zehn Pfund verkauft, 2006 für zehn Dollar zurückgekauft. Da müsste man jetzt die Inflation einrechnen und die Währungsschwankungen, damit man sagen kann, ob es ein gutes Geschäft war. Ich hab mir den Ring an den Finger gesteckt und bin weitergegangen. Jetzt war ich nach den zwei schlaflosen Nächten schon ziemlich fertig. Ja klar, zwei, im Flugzeug und in Albuquerque. Mich hat geärgert, dass ich den Termin mit Professor Picard gleich für den ersten Abend ausgemacht hab. Einmal in Santa Fe schlafen und erst danach treffen wäre viel besser gewesen. Aber dann wäre natürlich alles ganz anders gekommen, insofern hat es keinen Sinn, darüber nachzudenken. Dann würdest du mir jetzt gar nicht zuhören. Zumindest würdest du mir genauso nicht glauben wie die Baum. Zum Professor Picard war es nicht weit, Saint Francis Drive, das waren zu Fuß vielleicht zehn, zwanzig Minuten. Weiß ich nicht mehr genau. Das kannst du dir auf *Google Maps* anschauen, wenn du es ganz genau wissen musst, oder flieg hin, Augenschein, das kannst du sicher von der Steuer absetzen als Schriftsteller. Der Professor hat in einem ziemlich heruntergekommenen Wohnsilo gewohnt, in so einer Wohnblickwohnung eben, Wohnblockwohnung, das ist aber ein guter Versprecher, weil der hat einen Superblick gehabt aus dem zehnten Stock. Fast so wie du hier. Aber ich schätze, er hat nicht viel hinausgeschaut, weil die ganze Wohnung war vollgestopft mit Büchern und Dokumenten, so etwas hab ich noch nie gesehen. Buchstäblich vom Boden bis unter die Decke, und in der Küche waren auch Bücher und Zeitungen. Wo normale Leute Tassen und Teller haben, war bei ihm Papier, Papier, Papier. Aber das war echt zu klischeehaft, vielleicht solltest du das weglassen, es tut ja nichts zur Sache, ob er jetzt viele Bücher und Dokumente gehabt hat, das hat ja mit meiner Geschichte nicht unbedingt viel zu tun, und es klingt übertrieben. Nur weil ich *Wohnblick* gesagt hab, und es war ja fast kein Blick, weil er die Fenster zum Großteil auch mit Bücherstapeln verstellt gehabt hat, und dadurch ist dieses Grottenfeeling entstanden. Er selber hat schon interessant ausgesehen. Eine schöne Erscheinung. Man glaubt ja, dass der Mensch mit dem Älterwerden immer ein bisschen hässlicher wird. Aber das stimmt nur vorübergehend. Dann, im richtigen Alter, im richtig hohen Alter, wird er wieder schöner. Das ist mir schon oft aufgefallen. Die Greise haben wieder so eine Art Baby-Appeal, zumindest für mich, so etwas ET-haftes. Das richtige Greisenalter ist keine Verunstaltung mehr, sondern fast so, als wären sie durch ein reinigendes Feuer gegangen. Schau nicht so erschreckt, du musst es ja nicht schreiben, wenn du fürchtest, dass du eine auf den Deckel kriegst. Aber ich sehe es wirklich so. So ein ledriges Gesicht hat der gehabt, und nicht total viele Falten, sondern nur ein paar ganz tiefe Falten. Und einen Haufen Altersflecken. So große graue Flecken, ich hab da auch schon meinen ersten. Die kriegt man so ab vierzig. Du hast da auch einen. Nein, die sind harmlos. Der Hautarzt hat aber zuerst bei der Untersuchung zu mir gesagt, der Fleck ist tödlich. Weil sie Altersflecken heißen, und bekanntlich ist das Alter irgendwann tödlich. Die haben einen eigenen Humor, die Ärzte. Ja, Kanadier war er, Frankokanadier, wie der Name schon sagt, Picard. Und richtig weiße Haare, also, ich betone das nur so mit der ledrigen Haut und den richtig weißen Haaren, weil er hat schon ein bisschen wie ein alter Indianer ausgesehen. Aber er war keiner! Vielleicht ist er doch durch die jahrzehntelange Beschäftigung ein bisschen zum Indianer geworden. Ja, weiße Haare, braungebrannte Haut, das stimmt schon alles, aber da musst du aufpassen. Nicht dass deine Leser dann einen amerikanischen Millionär vor Augen haben mit sechsundfünfzig strahlenden Zähnen. Sondern er war ganz zart, schmales Gesicht und der Körper ganz fragil, ganz ein zartes Vogerl war der. Und er hat auch einen dicken Pullover getragen, so einen richtigen Schafwollpullover. Obwohl es so warm war in Santa Fe. Von einer Klimaanlage war auch nichts zu spüren, es war schön warm in der Wohnung. Aber man hat eben das Gefühl gehabt, dem ist zu kalt ohne sein Schaf. Irgendwie ein bisschen wie ein Außerirdischer im Film hat er schon gewirkt. Ich hab ihn gefragt, warum er einen indianischen Namen hat, wo er doch kein Indianer ist, nein, nicht Picard, das ist natürlich nicht indianisch, aber sein Vorname, Ahote, das ist indianisch, den hat er sich selber gegeben. Ich weiß gar nicht, wie er wirklich heißt, Ahote Picard. Ein Hopi-Name. Klar hab ich ihn gefragt. *Der Rastlose* bedeutet der Name, hat er gesagt. Rastlosigkeit ist aber nichts Gutes, hat er gleich dazugesagt, Vampire sind rastlos. Aber das war seltsam, das hat er auf Französisch gesagt. *Les vampires sont* irgendwas, was heißt *rastlos* auf Französisch? Ja klar, aus dem Zusammenhang. Ich wollte ihn fragen, warum er auf einmal französisch mit mir spricht, aber dann hat er wieder englisch geredet, und ich glaube, es ist ihm nicht aufgefallen. Vielleicht passiert einem das als Frankokanadier relativ leicht, dass man hin- und herwechselt, keine Ahnung, ich war noch nie in Kanada. Ich hab ihn dann nicht danach gefragt, weil er gleich zur Sache gekommen ist. Die wichtigsten Informationen hat er ja schon am Telefon bekommen, einmal von Dr. Sampson und dann noch einmal von mir. Jim, der ein paar Jahre in Deutschland war, und so weiter. Ob ich den Kriegernamen kenne, wollte er wissen. Da hab ich fast lachen müssen. Kriegername! Er hat mir erklärt, dass der Navajo den erst als Jugendlicher kriegt und dass das der viel wichtigere Name ist. Aber der bleibt geheim. Außerhalb der Familie kennt den keiner, und der wird nur für Rituale verwendet. Das ist schon gut, oder? Ein Name, der geheim bleibt. Dann hat er mich noch gefragt, ob es stimmt, dass mein Vater in Angel Fire geboren wurde. Ich hab zugegeben, dass ich nicht ganz sicher bin. Meine Mutter hat das immer behauptet, aber ob die das so genau weiß? Meine Mutter redet viel, wenn der Tag lang ist. Es ist gut möglich, dass ihr nur der Ortsname Angel Fire so gefallen hat, und in Wirklichkeit ist mein Erzeuger vielleicht in Pojoaque oder sonst wo auf die Welt gekommen. Aber dieser Zweifel an seinem Geburtsort ist mir jetzt zum ersten Mal gekommen, wie der Professor alles zusammengefasst hat. Jim aus Angel Fire, der nach *Germany* gegangen ist. In die Nähe von *Munich*. Es hat mich fast erschreckt, dass mein Erzeuger auf einmal so real geworden ist. Mein Vater, mein Erzeuger. Die Baum ist immer böse geworden, wenn ich *Erzeuger* gesagt hab. Ich soll mich nicht so distanzieren von meinen Gefühlen. Jetzt ist es mir auch wieder zu schnell gegangen. Auf einmal stehe ich da mit dem nachdenklichen Professor, der die Fakten zusammenzählt. Und er sagt auch noch, dass Angel Fire ja nicht groß ist. In dem Moment hab ich mich in die Annahme geflüchtet, dass die Sache mit Angel Fire vielleicht gar nicht stimmt, dass meine Mutter wieder einmal irgendwas zusammenphantasiert hat. Der Professor muss es mir angesehen haben, dass ich gerade ziemlich eingegangen bin. Er hat mich nämlich jetzt ein bisschen besorgt angeschaut und gesagt: *Vous avez l'air fatigué.* Ja, so viel kann ich gerade noch. Könnte ich jetzt nicht mehr beschwören, ob er viel französisch geredet hat oder nur manchmal einen Satz. Nur dieses *fatigué* klingt mir noch in den Ohren, weil ich jetzt nach den schlaflosen Nächten wirklich extrem müde war, es hat sich fast angefühlt, als hätte er mich mit dem Wort hypnotisiert. *Fatigué.* Noch heute, wenn ich das Wort *fatigué* nur höre, könnte ich auf der Stelle einschlafen. Es klingt ein bisschen wie *fertig*, findest du nicht? Dann hat er mir diesen Kautabak angeboten. Keine Ahnung, ob das ein spezieller Indianerkautabak war. Ich hab nicht gefragt, oder falls er es mir gesagt hat, hab ich es vergessen. Mehr wie ein Kaugummi, also nicht zum Ausspucken, zum Kauen, aber irgendwas Natürliches. Fast wie wenn man auf einem dreckigen Stück Holz herumkaut, so war das. Die Wirkung war zuerst auch nicht besonders aufregend. Mir ist schon vorgekommen, dass ich ein bisschen munterer werde. Aber das kann genauso gut von der Aktivität gekommen sein, also, allein das Kauen ist ja eine Art Minimalgymnastik. Der grausige Geschmack hat mich auch ein bisschen aufgeweckt. Ekelhaft. Nein, leider. Sehr witzig – kein Fruchtgeschmack. Während ich mich langsam mit dem Geschmack angefreundet hab, hat er mir von dem Mann in Angel Fire erzählt. Ein alter Navajo. Weiß ich nicht mehr, ob er *Diné* oder *Navajo* gesagt hat. Vielleicht beides, mal so, mal so. Keine Ahnung, warum es zwei verschiedene Namen gibt. Damit du was zum Fragen hast. Der Professor hat mir gesagt, dass er mit diesem alten Diné telefoniert hat. Oder Navajo. Ist ja dasselbe. Mehr oder weniger. Ich muss immer aufpassen, dass es bei mir nicht wieder anfängt. Dass ich wieder anfange mit dem dauernden *ungefähroderge-nau*. Nein, den Tick hab ich nur als Kind gehabt, später nicht mehr. Aber manchmal spüre ich es wieder. Es schabt und scharrt irgendwo und könnte wiederkommen. Bei jedem Scheiß *ungefährodergenau*, und das war noch die Kurzformel. Ich hab schon einen ziemlichen Schaden gehabt. Oder wie ich jeden Satz noch einmal mit eingezogener Luft wiederholt hab. *Noch einmal mit eingezogener*

Luft wiederholt hab. Sonst hätte ich Krebs bekommen. *Sonst hätte ich Krebs bekommen.* Da bist du nicht der Einzige, *bist du nicht der Einzige,* den das nervös macht, *den das nervös macht.* Ich hör schon auf. Meine Mutter hab ich damit fertiggemacht. Ja klar, wegen meinem Erzeuger hat der Professor mit dem telefoniert. Der alte Navajo – keine Angst, ich sag nicht *oder Diné*, ich hab's schon im Griff –, der alte Navajo war aber schwerhörig und hat den Professor am Telefon überhaupt nicht verstanden. Jetzt hat der Professor es auf gut Glück noch einmal probiert. Er hat ihn gleich erreicht. Aber er hat ins Telefon brüllen müssen, alles drei, vier Mal brüllen, da hat er mir richtig leidgetan. Der war ja körperlich das Gegenteil von einem Brüllmenschen. Aber dann muss der andere doch etwas verstanden haben, weil der Professor hat mit der Zeit nur noch zugehört. Eine lange Geschichte, während der ich mich langsam mit dem Kautabak angefreundet hab. Jedenfalls hat der Alte sich an einen Diné erinnert, der wegen einer weißen Frau nach *Munich* gegangen ist. Ich würde sagen, es ist egal, ob du *Navajo* schreibst oder *Diné*, es geht beides. *Diné* klingt vielleicht ein bisschen exotischer, kommt darauf an, ob du das willst. Bei *Navajo* hast du das Problem, dass die Leute es vielleicht falsch aussprechen. Dann lesen alle *Nawaajo* statt *Nava Hoe.* Oder sie kommen mittendrinnen drauf, dann wissen sie nicht mehr, sollen sie jetzt weiterhin *Nawaajo* lesen, oder sollen sie auf *Nava Hoe* umstellen. Also, innerlich, man hat ja auch innerlich eine Aussprache. Irgendwie ist das ja komisch, dass man Namen auch ausspricht, wenn man liest. Wo spricht man das aus? Irgendwo auf der Hinterzunge? Oder im Hirn? Du hast das doch studiert. Zuckt die Zunge ein bisschen, wenn man leise liest? Aber das ist dein Problem, von mir aus kannst du auch einfach *Indianer* schreiben. Oder *Rothaut* wie in den alten Western. Mich machst du ja auch zum Simbacher. Oder mach ihn zum Hopi oder zum Zuni. Mir ist das wirklich total egal. Das war immer nur eine Behauptung von der Baum, dass mir diese Sache so wichtig ist. Ich glaube, sie hätte es gern gehabt, dass es mir wichtig ist. Die Neuigkeit hätte mich eigentlich aufregen müssen. Dass es da wirklich einen gibt, der sich an einen erinnert, der nach *Munich* gegangen ist. Aber ich war jetzt einfach schon zu fertig. Vielleicht war es ja auch eine Gegenreaktion. Ich musste wirklich dagegen ankämpfen, mitten im Gespräch einzuschlafen. Ich glaube nicht, dass mir das sonst je in meinem Leben passiert ist. Dem Professor ist das natürlich aufgefallen. Vielleicht bin ich ja auch wirklich eine Sekunde weggeknackt. *Fatigué!* Er war so nett, dass er mir angeboten hat, mich kurz auf das Sofa in seinem Arbeitszimmer zu legen, bis es mir wieder bessergeht. Natürlich war das Sofa auch voller Bücher, total vollgeräumt, ein Wahnsinn. Aber ein paar Stöße hat er auf den Boden gestellt, und die hinteren sind einfach dortgeblieben. Mich haben sie nicht gestört, ich bin sofort eingeschlafen und hab geschlafen wie ein Toter. *Fatigué.* Sicher, das kann ich nicht ausschließen. Kann schon sein, dass es auch eine Abwehrreaktion war. Ich bin erst aufgewacht, als es draußen schon dunkel war. Es war mir peinlich, dass ich hier einfach ein paar Stunden bei einem fremden Mensch durchgeschlafen hab. Der Professor ist am Schreibtisch vor seinem Computer gesessen, der hat sich nichts anmerken lassen. Der Bildschirm war die einzige Lichtquelle im Raum, dadurch hat ihn so ein Lichtschein umgeben, Angel Fire, ja genau. Aber ich muss noch ein bisschen hinüber gewesen sein, weil der Lichtschein um den Kopf vom Professor und der Ort Angel Fire, wo ich einen alten Indianer treffen sollte, der vielleicht einmal etwas von einem Diné gehört hat, der vielleicht einmal in Munich *war,* sind mir für einen Moment wie ein und dieselbe Sache vorgekommen. Im Nachhinein klingt so etwas immer blöd. Aber allein dass es möglich ist, für einen Moment so eine Wahrnehmung zu haben. Déjà-vu ist ja auch so etwas Seltsames, da fragt man sich doch auch, wo das herkommt. Aber in dem Moment, wo man darüber nachdenkt, ist es schon weg. Da fühlt man sich schon ein bisschen ausgetrickst. Das Denken verscheucht den Gedanken. Das klingt eigentlich gut, damit könnte ich auch noch berühmt werden. Wie der kretische Lügner. Der Simbacher Denker. *Das Denken verscheucht den Gedanken.* Oder verscheucht der Gedanke das Denken? Jedenfalls verscheuchen sie sich. Das ist doch beschissen irgendwie. Sonst war nicht mehr viel. Er hätte mir noch einen Tee angeboten, aber ich wollte natürlich so schnell wie möglich aufbrechen. Ich war jetzt wieder hellwach. Ich hab mich bedankt und mich auf den Weg gemacht. Zum Abschied hat er mir noch ein Blatt in die Hand gedrückt, auf dem er die Adresse und Telefonnummer des alten Diné in Angel Fire notiert gehabt hat, und dazu eine Skizze, wo ich ihn finde. Ich hab den Zettel jetzt übrigens noch. Schau, kannst du behalten. [HIER SKIZZE EINFÜGEN.] Aber das mit der Skizze solltest du lieber nicht erwähnen, ich glaube, das klingt blöd. Eigentlich hätte eine Skizze ja nur einen Sinn gehabt, wenn der alte Indianer irgendwo draußen gewohnt hätte, in einem Pueblo oder in den Bergen, in einem Sommer-Hogan oder wo. Da machen die Skizzen, klar, da gibt es keine Adressen in dem Sinn. Aber er war ja mitten in Angel Fire mit seinem dürftigen Straßenladen. Gibt es das Wort? Oder wie heißt ein Bauchladen, wenn er nicht am Bauch hängt, sondern die Waren auf dem Asphalt ausgelegt sind? Also, auf so einem Tuch oder Teppich. *Teppichladen* kann man ja auch nicht gut sagen, da glaubt man ja, er verkauft Teppiche. Der Professor wollte mit der Skizze vermutlich einfach zuvorkommend sein. Dem Touristen gegenüber. Oder vielleicht war es Gewohnheit – dass man sich schon so daran gewöhnt hat, lieber nach Skizzen zu gehen als nach Straßennamen, das kann schon sein. Aber ich hab ihn dann wirklich mit der Skizze sofort gefunden, bevor ich überhaupt auf die Straßennamen geschaut hab. Nein, nicht in der Nacht gefahren. Obwohl ich es mir kurz überlegt hab, weil auf dem Heimweg auf einmal die Wirkung vom Kautabak eingesetzt hat. Das muss ein Höllenzeug gewesen sein. So wach war ich in meinem ganzen Leben noch nie. Am liebsten wäre ich wirklich gleich losgefahren, so aufgekratzt war ich. Aber was tu ich mitten in der Nacht in Angel Fire? Also hab ich mich in die Hotelbar gesetzt und versucht, mich müde zu trinken. Die vielen Biere haben aber überhaupt nichts genützt. Die sind nicht gegen den Kautabak angekommen. Wie die Bar zugesperrt hat, bin ich in mein Zimmer, und dort hab ich auf den Sonnenaufgang gewartet. Osten, da freut sich der Indianer. Das weißt du nicht? Ja, weil die Geister sonst nicht hinausfinden am Morgen. Ist doch logisch, oder? Beim Frühstück war ich schon wieder der erste Gast, und ich war so hungrig, dass ich gleich das halbe Buffet abgeräumt hab. Um acht bin ich losgefahren Richtung Angel Fire. Beim Hinausfahren bin ich am Saint Francis Drive sogar noch einmal am Wohnblock vom Professor Picard vorbeigekommen. Mir war schon bewusst, dass ich seit Tagen fast nicht geschlafen hab, und ich bin extra vorsichtig gefahren. Die übertriebene Wachheit war auch wieder weg. Zum Glück fahren ja in Amerika alle so langsam und gelassen. Die einzige Gefahr war eigentlich, dass ich bei dem Schaukeltempo einschlafe. Auf der Höhe von Tesuque ist mir auf einmal schlecht geworden. Ich hab nicht gewusst, war beim Frühstück was dabei oder ist es an dem Kautabak gelegen? Im normalen Leben würde ich nie Fisch frühstücken, aber wenn beim Hotelbuffet so was liegt, muss ich es doch probieren. Und für mich war es ja nicht richtig Morgen, weil ich nicht geschlafen hab. Es war mehr wie nach einer durchzechten Nacht. Im Nachhinein weiß ich natürlich, dass es nicht am Fisch gelegen ist. Aber in der Situation hab ich den Fisch verdächtigt. Dann hat es noch so kleine Burritos gegeben. Die sind mir auch nicht ganz koscher vorgekommen, jetzt, wo mir schlecht war. Vorher supergut natürlich, so kleine Burritos, scharf schon, aber nicht zu brutal scharf. Jedenfalls hab ich am Straßenrand gleich das gewaltige Frühstück wieder von mir gegeben. Das musst du ja nicht schreiben. Ich glaube nicht, dass man sich als Leser gern detailliert vorstellt, wie jemand den Frühstücks-Burrito von sich gibt. Und wenn etwas so stark gewürzt ist, dann riecht es ja auch noch im verdauten Zustand gut und appetitlich, das ist sehr irritierend, finde ich. Dann ist es wieder bessergegangen. Zwischen Cuyamungue und Pojoaque hab ich mir zwei Wasserflaschen gekauft, eine davon hab ich gleich an Ort und Stelle ausgetrunken. Es war erst neun, und die Hitze war schon wieder so angenehm, so eine Wohltat auf zweitausend Metern, wirklich. Ich bin dann weitergefahren, bis mich wieder dieser wahnsinnige Katerhunger überfallen hat. Komischerweise hab ich mich immer noch nicht richtig müde gefühlt, sondern eben dauernd hungrig. Bei Ranchos de Taos hab ich mir eine Riesenpackung Pommes frites gekauft und richtig in mich hineingeschüttet, dazu die zweite Wasserflasche, und dann hab ich auf dem Rastplatz doch kurz geschlafen. Einfach so im Fahrersitz weggeknackt. Nach zwanzig Minuten bin ich schweißüberströmt aufgewacht, hab die Klimaanlage voll aufgedreht und bin weitergefahren. Sike hat der Indianer geheißen. Er hat gerade das Geschäft aufgesperrt. Also, sein Tuch hat er gerade ausgebreitet und die Sachen ausgepackt. Er war wirklich extrem schwerhörig. Meine zehn Dollar haben sein Gehör auch nicht verbessert. Aber vielleicht haben sie meine Stimme verbessert, weil wenn man einmal bezahlt hat, will man ja auch was dafür kriegen, und irgendwie bin ich dann doch zu ihm durchgedrungen. Ja, damals ist einer nach Munich gegangen, hat er genuschelt. Ohne Zähne eben, der hat so malmend geredet, falls du dir das vorstellen kannst, als würde der obere Teil vom Kopf zu schwer auf dem unteren liegen. Munich, hat er gemalmt, long time. Vielleicht solltest du ihn doch zu einem Hopi machen, dann wäre es eine Pointe. Mein erstes Gespräch mit einem Hopi, und der redet sofort über Zeit! Jedenfalls. Lang war's her, und er hat nie mehr was von dem gehört. Ob der noch immer in Munich ist, ob der überhaupt noch lebt, keine Ahnung. Ob der Jim geheißen hat? Könnte sein, hat er gesagt. Er weiß es nicht. Sein Bruder lebt jedenfalls noch. Das hat er gewusst. Aber ob der Bruder vom Bruder noch lebt, weiß er nicht. Der ist ja nach Munich gegangen. Nicht direkt nach Munich, in die Nähe von Munich. Braunau?, hab ich gefragt. Du kannst aber meinetwegen ruhig Simbach schreiben. Obwohl ich es schon ein bisschen diskriminierend finde irgendwie. Da kommen ja ganz normale Leute auch her, was können die dafür? Aber bitte, das musst du wissen. Ich glaub, für einen alten, zahnlosen Indianer aus Angel Fire ist das ein vernachlässigbarer Unterschied. Braunau oder Simbach. Beides in der Nähe von Munich. Außerdem hat er sowieso keine Ahnung gehabt, wo der genau hin ist, der Bruder vom Bruder. Munich Umgebung. Die Leute haben erzählt, dass ihm dort zu kalt war. *Snow! Cold! No sun!* Er war nicht glücklich. Ob er noch am Leben ist, weiß er nicht. Ich war nicht sicher, ob er noch mehr Geld wollte. Aber sein Bruder lebt noch, hat er gesagt. Er arbeitet in Pojoaque. An der Kassa. Wo die Touristen Eintritt zahlen, gleich da sitzt er. Wie der heißt? Da hab ich ihn zu schnell gefragt. Er weiß es, aber es fällt ihm gerade nicht ein. Der Name liegt ihm auf der Zunge. Vom Bruder hat er den Namen aber vergessen. Jim, hab ich ihm noch einmal gesagt. Aber er hat nur den Kopf geschüttelt. Der ist ja schon vor langer Zeit nach Munich gegangen. Da weiß er den Namen nicht mehr. Many many years. Ages. Aber beim Bruder vom Bruder weiß er den Namen, er fällt ihm nur gerade nicht ein. Ich hab ihm noch einmal zehn Dollar angeboten, er hat sie genommen, aber der Name ist ihm wirklich nicht mehr eingefallen. Dafür hat er mir eine Skizze gemacht, wo ich ihn finde. Direkt bei der Kassa.

Nein, er sitzt nicht an der Kassa. Direkt neben der Kassa sitzt er, da verkauft er seinen Schmuck. Darum heißt er ja Naalyehe Ya Sihadi. Das musst du dir einmal vorstellen, das hat er einfach so gesagt, als wäre vorher gar nicht die Rede vom Namen gewesen. Ich: »Could you repeat the name please?«

»Naalyehe Aa Sihadi. His brother went to Munich.«

»Nalje…«

»Naalyehe Ya Sihadi. Means trader.«

Aufgeschrieben? Nein, hab ich mich nicht fragen getraut. Also hab ich versucht, ihn mir akustisch einzuprägen. Ich hab mir sogar eine Skizze neben die Wegskizze vom Professor gemacht, also, lautlich, wie es eben geklungen hat aus dem malmenden Mund heraus. Darum steht es da, das ist meine eigene Schrift: *Naalyehe Ya Sihadi.* Ein bisschen zittrig, da sieht man schon, dass ich nicht mehr ganz. Aber das würde ich überhaupt lieber weglassen an deiner Stelle, sonst ist ja die Frage, wie du den Namen schreiben sollst, wenn nicht einmal ich genau weiß, wie man ihn schreibt. Vielleicht kannst du ihn googeln, aber dazu müsstest du ja erst recht wissen, wie er sich schreibt. Ich hab ihm dann noch einen Chilikranz abgekauft und bin nach Pojoaque gefahren, also wieder retour, wo ich hergekommen bin. Nach fünfundzwanzig Meilen war ich schon wieder auf der Höhe von Taos. Schon bei der Hinfahrt hab ich der Versuchung nur schwer widerstehen können. Ja, Taos, dass ich es mir kurz anschau. Meine Mutter hat ja immer erzählt, sie hätte meinen Erzeuger in Taos kennengelernt. Bei meiner Mutter kann man zwar nie sicher sein, ob alles so hundertprozentig stimmt. In meiner Familie war die Einzige ohne Indianerblut die verlogenste Person. Das kannst du ruhig schreiben. Ja sicher, Zweipersonenfamilie, aber trotzdem. Ich hab immer versucht, nicht zu lügen, bis hin zur Skrupelkrankheit. Und sie blablabla quaquaqua. Interessiert hat mich dieses Taos natürlich trotzdem. Wenn du es von Kind auf gehört hast. Also bin ich da abgefahren. Ob ich jetzt ein bisschen früher oder später in Pojoaque bin, um den Bruder vom Bruder zu suchen, der vielleicht oder auch nicht nach Munich gegangen ist, war ja auch schon egal. Außerdem bin ich langsam gefährlich müde geworden. Mein ganzer Körper hat geschmerzt. Richtige Gliederschmerzen. Ich hab es aber immer noch auf den Schlafmangel geschoben. Es waren ja jetzt schon locker fünfzig Stunden, seit ich nicht mehr richtig geschlafen hab. Also, die Nacht in Albuquerque maximal zwei Stunden, dann der Tag, dann die Nacht in Santa Fe plus die siebzehn Reisestunden. Plus schon vorher die Stunden vor dem Flug plus jetzt der neue Tag in Santa Fe. Fast kein Schlaf in der ganzen Zeit. Das hab ich jetzt gespürt. Oder zumindest hab ich geglaubt, es kommt vom Schlafmangel. Ich wollte mich irgendwo in der Nähe des Pueblos in den Schatten legen und ein bisschen schlafen. Und durstig war ich auch schon wieder, obwohl ich seit dem Morgen vier Liter Wasser getrunken hab. Auf dem Parkplatz war so ein Imbissstand, ein Trailer, wo sie Getränke und Sandwichs und Burger verkauft haben. Da bin ich schnell hinüber, um mir noch eine Flasche Wasser zu kaufen. Den Rest kennst du ja. Nein, zuerst hab ich sie gar nicht gesehen. Also, nicht bewusst. Neben dem Trailer ist ein großer Kühlschrank gestanden, und ich hab mir eine Flasche Wasser herausgenommen. Dann bin ich erst zum Ausgabefenster und hab die Flasche grußlos vor die Verkäuferin gestellt. Ich war jetzt richtig froh, dass ich nicht reden musste. Mein Mund war total ausgetrocknet, ich hätte nicht gewusst, wie ich noch ein Wort herauspressen soll.

»Hi!«, hat die Verkäuferin gestrahlt. »What's your name?«

Erst jetzt hab ich sie richtig angeschaut. Wenn man so fertig ist, schaut man den Menschen nicht mehr ins Gesicht. Oder ist es auch daran gelegen, dass es heraußen gleißend hell und im Wohnwagen schattig und dunkel war. Oder einfach an dem breitkrempigen Indianerhut, den sie aufgehabt hat.

»Ben.«

Du weißt, dass ich mich normalerweise nicht so nenne, ich kürze meinen Namen nie ab, ich finde das blöd, *ich bin der Benni*, als wäre man mit sich selber in einer Flirtbeziehung. Aber jetzt war es meine Rettung, mit einer an den Gaumen geschweißten Zunge, *Ben*, das hab ich mir gerade noch zugetraut. Aber da ist mir erst richtig klar geworden, wie schlecht es mir geht. Mein Mund ist nicht aufgegangen. Ich hab bestenfalls ein bisschen geächzt.

Die freundliche Verkäuferin hat sich aber von meiner Unhöflichkeit nicht die Laune verderben lassen. »How are you?«, hat sie mit so einer fröhlichen Stimme gesagt.

Ich verstehe das gar nicht, dass die jungen Leute jetzt oft so fröhliche Stimmen haben. Wie in den amerikanischen Fernsehserien. Die Baum hat immer diese Serien geschaut, kennst du das? Immer so eine Dauerfröhlichkeit, ich halte das nicht aus. Freundlichkeit schon, aber Fröhlichkeit nicht! Wir waren doch früher nicht so fröhlich? Oder kann ich mich nur nicht mehr erinnern?

»Fine.«

Dieses Mal hab ich das Wort zumindest herausgekriegt. *Fine* ist ja ein Wort, wo man im Grunde nur ein bisschen lauter ausschnaufen muss. Die Zunge ist mir doppelt so groß vorgekommen, oder wie nach dem Zahnarzt, wenn die Spritze noch wirkt und man sich dauernd in die Zunge beißt.

»Are you German?«

An einem einzigen Wort hat die das erkannt! Offenbar war ihr ein bisschen langweilig. Außer mir war kein einziger Mensch weit und breit, das Geschäft ist wohl erst später losgegangen. Da ist mir immer noch nichts komisch vorgekommen, und ich hab einfach genickt.

»Dann können wir auch deutsch sprechen«, hat das fröhliche Indianerhutmädchen gesagt.

Statt zu antworten, hab ich einmal die Flasche angesetzt. Das Wasser war eiskalt.

»Sie sind sehr dürstig.«

Das Eiswasser hat mich richtig gestochen im Hals, aber ich konnte einfach nicht aufhören zu trinken. Mit jedem Schluck ist es mir bessergegangen, ich bin mir vorgekommen wie eine Pflanze, die in letzter Sekunde gegossen wird. Und wie sich meine Augen langsam an das schattige Wageninnere gewöhnt haben, ist mir aufgefallen, wie entzückend das Mädchen ausgesehen hat. Nicht wie eine Indianerin, das hab ich schon vorher gesehen. Aber wie eine Deutsche schon gar nicht. Sie hat eher so was Südfranzösisches gehabt.

»Sie sind Deutsche?«, hab ich blöd gefragt, obwohl ich doch ihren Akzent gehört hab.

»Halb«, hat sie geantwortet.

Mit einem Lächeln, da wünsche ich dir viel Glück, das zu beschreiben, ein süßes Lächeln, da sag ich dir jetzt schon, da kannst du ordentlich in den Schmalztopf greifen, wenn du das hinkriegen willst. Mehr im Blick drinnen, verschmitzt, in den Augen, verstehst du, wo die gar nicht lächelt, so ein Lächeln war das, wo die ernst schaut, aber du denkst dir, Wahnsinn, sie lächelt mich an. Vielleicht solltest du es gar nicht erwähnen. Schreib einfach nur, dass sie *Halb* gesagt hat. Mehr hat sie wirklich nicht gesagt, nur *Halb*.

Und was hab ich geantwortet? Gar nichts natürlich. Ich war damit beschäftigt, möglichst unauffällig meinen Rotz aufzuziehen. Zu dem Zeitpunkt hab ich immer noch geglaubt, dass mir vom Wechsel von der eiskalten Klimaanlage in die Hitze auf einmal die Nase rinnt. Die Baum hat mir ja unsere ganze Ehe lang immer gesagt, ich soll die Klimaanlage nicht so kalt einstellen.

Und da sagt das Mädchen: »Oder eigentlich nür Viertel. Mein Vater war nür halb Deutsch, halb indianisch.«

»Halb halb halb«, hab ich entgegnet und mich selber gewundert, dass es ein bisschen wütend herausgekommen ist.

»Ja, und sein Vater war auch wieder halb halb.«

»Halb Hopi, halb Navajo?«

»Ja, guter Rat!«

»*Gut geraten*. Nicht *guter Rat*!«

»Gut geraten.«

»Wie alt sind Sie?«

Mir wird jetzt noch heiß, wenn ich es dir erzähle. Oder was heißt heiß. Kalt ist mir geworden! Richtiges Knieklappern, wo man Angst hat, der andere hört es auch.

Wie ein schlechter Schauspieler, der einen Besoffenen spielt, hab ich mich an dieser Rampe, wo sie dir die Sachen hinstellen, festgehalten. Aus Angst, dass ich einfach wegsacke. Mich stört übrigens, dass du das vorn an der Stelle über den Greenwich Market *Fresskante* genannt hast. Das ist ein blödes Wort, sorry. Das klingt so, als möchtest du cool sein oder so.

Okay – um meinen Zustand irgendwie zu überspielen, sag ich noch: »Ich sollte nicht so neugierige Fragen stellen.«

»Neugier macht die Katze tot«, hat sie gesagt, diesmal mit einem normal lieben Lippenlächeln, mit dem man eben zeigt, dass man's nicht böse meint, und sie hat gleich weitergeredet: »So sagt meine Mütter immer. Ich bin geboren in 1989.«

»Es ist schön, dass Ihr Vater darauf geachtet hat, Ihnen auch seine Muttersprache beizubringen«, hab ich gesagt, also gleich voll die Fangfrage. Sicher. Ich war jetzt nicht mehr fähig, irgendwie elegant vorzugehen.

»Nein, mein Vater ist an der Verruckte-Kuhe-Krankheit eingegangen, bevor ich geboren war.«

Ich muss ziemlich blöd geschaut haben, weil sie jetzt laut gelacht hat wie ein Kind.

»Eingegangen?«, hab ich gesagt. »Das ist kein schönes Wort.«

»Ich sage das nür so«, hat sie dann gesagt. »Ich weiß nicht, ob er tot ist, ich weiß nicht einmal seinen Namen.«

Ja, tut mir leid, so ist es gelaufen. Ich kann mich wirklich an jedes Wort erinnern. Du kannst es ja ein bisschen abschwächen, wenn du es anders besser brauchen kannst.

Gesagt hat sie: »Meine Mütter war so romantic. Sie hat

zu dem Indianer gesagt, verrate mir nicht deinen Namen, sonst ist es schon nicht mehr so ein großes magic.«

»*Zauber*«, hab ich sie korrigiert, weil ich dachte, sie soll ruhig das deutsche Wort auch kennen.

Und sie hat brav wiederholt: »Zauber.«

Im Nachhinein kommt mir das wahnsinnig schön vor, wie sie das Wort gesagt hat. *Zauber.* Aber in der Situation hab ich es gar nicht so bewusst wahrgenommen, da war ich viel zu hinüber.

»Und Sie sollten nicht *der Indianer* sagen, wenn Sie von Ihrem Vater reden.«

Das hat sie nur mit einem Lächeln kommentiert.

Und aus irgendeinem sinnlosen Impuls heraus hab ich gleich nachgefragt, ob ihre Mutter wirklich behauptet hat, dass sie es war, die das zu ihrem Vater gesagt hat. Also, mit dem Namen und mit dem Zauber, was ja in Wirklichkeit ich gesagt hab.

»Ja naturlich«, hat sie geantwortet. »Meine Mütter ist sehr verliebt mit diesem Mann. Sie wollte auch, dass ich Deutsch lerne. Sie sagt, dann habe ich eine innere Verbindung mit meinem Dad.«

Die Sache mit dem Ring brauch ich ja jetzt nicht erzählen, wenn du das auf jeden Fall weglässt. Ich finde es nur witzig, dass mein alter Ring, den sie getragen hat, jetzt im Vergleich zu meinem schon wie ein echter gewirkt hat. Obwohl wir ihn ja damals auch nur bei irgendeinem Straßenhändler gekauft haben. Nein, logisch, nicht ihre Mutter. Die Baum und ich, in Schottland. In Paisley, genau. Gepasst hat er ihr schon. Das war ja damals so ein Billigring mit einem Schlitz zum Verstellen. Das umgekehrte Prinzip wie bei deinem Vater, wo erst der Arzt den Schlitz hineingeschnitten hat. Ja, nicht so für die Ewigkeit gedacht, aber wir haben es damals auch ernst gemeint, die Baum und ich. Ist wirklich besser, wenn du das alles weglässt.

Sonst ist nicht mehr viel passiert. Ich hab mich dann nach einem Schattenplatz umgeschaut, wo ich mich ein bisschen hinlegen konnte, und da muss ihr aufgefallen sein, dass meine Augen zum Pueblo hinübergewandert sind, weil sie hat gesagt:

»Das Pueblo hat mich hierhergefuhrt. Meine Mum kannte zwar nicht den Namen von meinem Dad, aber sie erinnerte die Geschichte, dass die Mum von meinem Dad und der Dad von meinem Dad sich in Taos Pueblo kennenlernen und hier meinen Dad gezeigt haben.«

»*Gezeugt*«, hab ich sie verbessert. Sicher, jetzt kommt mir das auch kleinlich vor, aber in dem Moment ist es mir wichtig vorgekommen, dass sie was lernt.

»Gezeugt. Darum wollte ich einmal hier fur ein paar Wochen leben. Mir gefällt die Idee, dass sein spirit hier ist. Sein Zauber.«

Das war schon ein wilder Moment für mich. Jetzt war es schon fast ein Vorteil, dass der Schüttelfrost und die einknickenden Knie mich ein bisschen abgelenkt haben.

»Finden Sie das blöd?«, hat sie gefragt, weil sie muss meinen Gesichtsausdruck falsch interpretiert haben.

Und ich: »Nein, ich finde das gar nicht blöd.«

»Ich erzähle das jedem«, hat sie gesagt, als müsste sie sich rechtfertigen. »Es geschäftigt mich. Aber ich merke gleich, ob es jemand blöd findet.«

Und ich wieder: »Ich finde es nicht blöd.«

Und sie: »Ich weiß, ich bemerke.«

»Ich finde es gut, dass Sie das machen«, hab ich gesagt, obwohl ich schon ziemlich gekämpft hab.

Und sie: »Ich fuhle hier, mein Dad ist ganz nah.«

Und ich: »Ja, ich bin sicher, dass Sie recht haben.«

Wie es dann weitergegangen ist, weißt du ja.

Simbach

Drei Wochen nach dem Tag, für den er seinen Rückflug gebucht hatte, war Benjamin immer noch nicht aus Amerika zurück. Ich hatte die Schlüssel zu seiner kleinen Wohnung, in die er nach der Scheidung von der Baum gezogen war, leerte sein Postfach zweimal in der Woche und goss den Philodendron, der schon in seinem Studentenzimmer gestanden war. [PHILO DENDRON »BAUM-LIEBHABER« HAHAHA --- NOCH EINBAUEN?]

Als er nicht zurückkam, machte ich mir natürlich Gedanken. Obwohl ich mit der Baum seit dem Vorfall mit dem Manuskript zerstritten war, überwand ich mich und rief sie an. Vielleicht war meine Sorge um Benjamin sogar mehr ein Vorwand, um den unnötigen Streit zwischen uns beizulegen. Sie hatte einen neuen Mann und vor einem Jahr Zwillinge geboren, ich nehme an, mit Hilfe künstlicher Befruchtung. Am Telefon war sie sehr freundlich. Ihre Stimme hatte mich immer am meisten von allem betört, obwohl ich nicht sagen könnte, was das Besondere daran ist. Vielleicht einfach, weil ich ihre Stimme als Erstes kennengelernt habe, als ich in meinem Zimmer saß und meine Arbeit über den Wandel temporaler zu kausalen Konjunktionen schrieb.

Natürlich sei sie mir nicht mehr böse, hat sie gesagt,

aber sie könne sich jetzt einfach nicht um Benni auch noch kümmern. Die Zwillinge brachten sie um den Verstand, der Schlafmangel, weil einer von den beiden immer munter war. Auch während wir sprachen, brüllte zuerst einer, dann auch der Zweite los, aber die Baum – jetzt kommt es mir fast respektlos vor, sie immer noch so zu nennen – blieb bewundernswert ruhig, während mir das schrille Geschrei schnell zu viel wurde.

Vielleicht weckte das nervende Gebrüll auch meine zunächst gut verdrängte Erinnerung, dass die Baum mir das Manuskript erst ein halbes Jahr nach der Scheidung und nach einem Anwaltsbrief, der mich 600 Euro kostete, zurückgegeben hat. Ich wollte aber die versöhnliche Stimmung nicht gleich wieder gefährden und fragte sie deshalb nicht, was das eigentlich heißen soll, *sie* sei *mir* nicht mehr böse.

Als kurz einmal beide Schreihälse gleichzeitig verstummten, riet sie mir, mich an Benjamins Mutter zu wenden. Oder fast kam mir vor, als würde sie mich darum bitten. Sie erklärte mir, dass seine Mutter immer noch in Simbach wohnte, und sie wollte mir gerade Mut machen, dass sie eine sehr liebenswerte Frau sei (die Baum betonte noch gallig »besonders bei Männern«), als eines der kleinen Monster ihr das Telefon aus der Hand riss.

Ich habe dann tatsächlich telefonisch Kontakt zu seiner Mutter aufgenommen, und weil mein Anruf sie natürlich in große Aufregung versetzte, versprach ich ihr, sie zu besuchen, wenn ich das nächste Mal nach Westen fahren würde, um meine eigene Mutter im Altersheim zu besuchen.

Da es mir keine Ruhe ließ, fuhr ich dann aber schon am

nächsten Tag, besuchte kurz nach Mittag meine Mutter und machte mich anschließend auf den Weg nach Simbach.

Ich war fast schockiert, wie jung sie war. Eine Generation jünger als meine eigene Mutter. Sie wohnte noch in dem kleinen Haus, in dem Benjamin aufgewachsen war und das ihr Vater, wie sie mit leuchtenden Augen betonte, *mit eigenen Händen* gebaut hatte. [SPÄTER BESCHREIBEN, WIE GEMÜTLICH ES WAR. WIE SONNIG, DIE FENSTER RUNDHERUM, DIE PFLANZEN, DIE KERZEN, DIE TASSEN, DIE FLOHMARKTSACHEN ... ES MUSS RÜBERKOMMEN, DASS SIE GEWIRKT HAT WIE ... ALTES WEIBLEIN UND HIPPIE-BACKFISCH IN EINER PERSON. SPÄTER AUSARBEITEN. DIE ZIERKISSEN NICHT VERGESSEN UND DIE LAMPE UND DEN GARTEN. UND WAS SIE ANGEHABT HAT!!!]

Sie konnte es immer noch nicht fassen, dass ihr Sohn aufgebrochen war, um seinen Vater zu suchen. So wahnsinnig große Sorgen, wie es am Telefon geklungen hatte, schien sie sich aber auch wieder nicht zu machen. Sie wirkte eher wie die gutmütige Mutter von einem kleinen Trotzbengel, die sich wundert, dass der Kleine schon wieder mit dem Kopf gegen die Wand gerannt ist. Wenn ich mir vorstelle, wie meine Mutter sich in dieser Situation vor Sorgen zerfranst hätte! Aber ich bemerkte auch bald, was ihr zu ihrer Gelassenheit verhalf. Die scheinbar mir zu Ehren geöffnete Weinflasche leerte sich schnell, obwohl ich mein Glas nicht anrührte, wie sie rügend feststellte.

Ich erklärte ihr, dass ich ja noch fahren müsse, und im Nachhinein kommt mir vor, als wäre das für zweieinhalb

Stunden der letzte Satz von mir gewesen. Der Wein löste bei ihr einen nicht zu stoppenden Redefluss aus, der zwar manchmal Fragen an mich enthielt, deren Antworten sie aber kein einziges Mal abwarten konnte. Und irgendwann, als auch die zweite Flasche zur Hälfte geleert war, als sie sich mit Anekdoten über Bennis Kindheit müde geredet hatte, kam sie doch noch auf seinen Vater zu sprechen.

»Das mit dem Indianervater hab ich ihm doch nur erzählt, weil er als kleiner Bub so verrückt nach den Indianern war.«

o

– /

o

Ich dürfte ziemlich blöd geschaut haben. Anders kann ich mir ihr amüsiertes Lachen nicht erklären.

»Sein Vater war gar kein Indianer?«

»Aber wo!«

»Und warum – «

»Was hätte ich denn machen sollen? Sag einmal einem Kind, ich weiß nicht, wie dein Vater geheißen hat!«

»Waren Sie damals gar nicht im Hopi-Reservat?«, fragte ich so sachlich wie möglich.

»Das schon! Ich bin ja hingeflogen, weil ich mich nicht heimgetraut habe. Weil ich mit sechzehn schwanger war. Ich hab ein schönes Buch gelesen über die Hopi-Indianer und mir vorgestellt, dass dort alles anders ist. Und jetzt ist mein Bub genauso blöd. Sucht der Depp doch tatsächlich seinen Vater dort drüben! Der Lee war schon als Kind ein bisschen ein Sonderling. Der hat immer schon so komische Sachen gemacht.«

Ich sagte nichts.

»Jetzt bleibt Ihnen die Spucke weg, gell?«, lächelte die Mutter des Sonderlings.

»Ein bisschen schon.«

»Ich wollte ihm doch nur eine attraktive Vorstellung von seinem Vater geben. Das ist wichtig! Und er war so narrisch nach den Indianern, das können Sie sich nicht vorstellen! Schon als ganz kleiner Bub! Der Winnetou! Der Sitting Bull! Der Crazy Horse!«

Sie schenkte sich nach, obwohl sie seit dem letzten Einschenken noch gar nicht getrunken hatte. Und nach einer langen Pause, in der sie in weiter Ferne eine Erklärung suchte und in der ich begriff, woher Benjamin das hat, dieses geduldige Pausenmachen, hatte sie auch keine bessere Erklärung gefunden, nur einen etwas nachdenklicheren Tonfall: »Und sag einem Kind einmal, ich weiß nicht, wie dein Vater geheißen hat!«

Da mir keine Antwort einfiel, bemühte ich mich, wenigstens nicht vorwurfsvoll dazusitzen, und gab wohl auch ein paar verständnisvolle Grunzer von mir.

»Aber nicht dass Sie glauben, ich weiß nicht, wer der Vater war. Ich weiß es genau! Ein Musiker aus der Münchner Fußgängerzone. Dem hab ich jeden Tag zugehört. Er hat wirklich wunderschön gespielt. Und wahnsinnig schön gesungen! Die ganzen neuen Songs von damals, *Tambourine Man* und *Lovesick Blues*, alles, *Day Tripper* oder *Where Are You Now*, kennen Sie das?«

Und weil ich den Kopf schüttelte, hat sie mit einer wackeligen, kleinen Mädchenstimme zu singen angefangen.

»Ja, jetzt erkenne ich es«, behauptete ich, um ihren merkwürdigen Gesang abzuwürgen.

»Der Lee hat mich immer ausgelacht. Oder *You've Lost That Lovin' Feeling*, ihr kennt diese Lieder ja gar nicht mehr, *Go Now* –«

Sie hat wieder ein bisschen gesungen, ist aber mit dem Text nicht weit gekommen.

»Oder wie hat das geheißen, lalala, *I Feel Fine.*«

»Beatles.«

»Beatles, ja, das kennen Sie auch noch. Oder *Needles and Pins* natürlich.«

»Das kennen wir auch noch.«

»Das hat er alles gesungen. Aber am besten hat mir ein Lied gefallen, das er selber geschrieben hat.«

»Wie hat das geheißen?«

»Weiß ich nicht mehr. Ich könnte es auch nicht mehr singen. Aber ich höre es noch. Das ist komisch, oder? Man hört es innerlich, aber man könnte es nicht singen. Ich höre, wie er es singt! Ganz dünn war er, wirklich ein dünnes Stangerl. Aber ich war ja auch dünn damals. Wir waren beide groß und dünn, wie zwei Strichmännchen in einer Witzzeichnung haben wir ausgesehen. Und ganz schwarze Haare hat er gehabt. Und ich ganz blond.«

»Und er hat Ihnen nie seinen Namen verraten?«

»Mein Vater hat immer gesagt, das war ein Trick, damit man ihn nicht erwischen kann mit den Alimenten. Aber das ist ein Blödsinn. Nachdem ich schon eine Woche lang immer dort gestanden bin, hat er mich endlich gefragt, wie ich heiße. Und ich hab gesagt, das ist geheim. Ich war schon auch ein bisschen kokett damals. Und darauf hat er gesagt, sein Name ist auch geheim. So war das. Mein Gott, wir waren ja noch halbe Kinder. Aber ich sag Ihnen, schön war es mit ihm. Mir hat es nie leidgetan. Trotz den ganzen Schwierigkeiten mit dem Lee.«

Ich wollte sie fragen, warum sie ihn als einziger Mensch auf der Welt einfach Lee nannte, als sie schon bei ganz was anderem war.

»Wissen Sie was, jetzt hätte ich gern eine Zigarette«, sagte sie mit einem lustvollen Seufzer.

Doch als Nichtraucher konnte ich ihr nicht helfen, und sie selbst hatte sich das Rauchen vor über zehn Jahren abgewöhnt. Sie blinzelte so lustvoll in die Ferne, als würde allein die Erinnerung an eine Zigarette ihre Lust befriedigen, und dann erzählte sie weiter.

»Leider hat er nach drei Tagen heimfahren müssen. Ein Franzose war er. Er hat eine Freundin daheim gehabt. Und ein Kind! Das hat er mir aber gleich gesagt. Ich hab auch nicht versucht, ihn aufzuhalten. Da hab ich natürlich noch nicht gewusst, dass ich schwanger war.«

»Zum Glück waren Sie es, sonst gäbe es den Benni nicht.«

»Das sagen Sie!«, protestierte sie in ihrer immer noch koketten Art. »Der hat mir genug Probleme gemacht, der spinnerte Winnetou. Vielleicht hab ich ihn verwöhnt. Weil ich ein schlechtes Gewissen gehabt hab wegen dem Vater.«

»Aber später hätten Sie ihm doch die Wahrheit sagen können. Wo er größer war. Das ist doch eine romantische Geschichte!«

Sie hat so lange über ihre Antwort nachgedacht, dass

ich genug Zeit hatte, jedes einzelne meiner Worte idiotisch zu finden und mich dafür zu schämen. Und zum ersten Mal in meinem Leben spürte jetzt auch ich den Wunsch, eine Zigarette zu rauchen. Da meine Eltern Kettenraucher waren und mich wie die heiligen zwei Könige vom Tag meiner Geburt an mit dem Weihrauch der Marken *Smart Export* und *Dames* dem Leben geweiht hatten, stand mir das Rauchen nicht als pubertäre Abnabelungsgeste zur Verfügung. Jetzt aber hätte ich gern etwas Nebel zwischen mir und Frau Baumgartner aufsteigen lassen, während sie so lange überlegte und schließlich doch nur wiederholte:

»Sagen Sie einmal Ihrem Kind, ich weiß nicht einmal, wie dein Vater geheißen hat! Und er war immer so stolz, dass sein Vater ein Indianer war. Ich hab nicht gewusst, ob ich da nicht was anrichte, wenn ich es ihm verrate.« Ein bisschen wässrig sind ihre Augen geworden, aber mehr nicht, sie hat keine große Szene hingelegt.

Und vielleicht weil ich ihr dankbar dafür war, dass sie sich nicht aufführte, sagte ich: »Man kann ja wirklich nie wissen.« Ich musste kurz überlegen, was ich eigentlich sagen wollte, und brabbelte dann irgendwas in der Art: Wenn er stolz darauf war, hat es vielleicht doch sein Gutes.

Später fragte ich sie noch, ob sie denn ihren Sohn, da der Indianervater nicht der Wahrheit entsprach, auch nicht nach dem Sprachforscher Benjamin Lee Whorf getauft hätte.

»Aber wo!« Sie tat so erbost, als hätte sie schon lange nicht mehr so einen Blödsinn gehört. »Mein Sohn heißt ja gar nicht Benjamin Lee.«

Pause. Aber ich bot meine ganze Beherrschung auf, um nicht überrascht dreinzuschauen oder gar nachzufragen.

»In seinem Taufschein steht Lee Benjamin«, erklärte sie.

»Sie nennen ihn ja auch als Einzige so.«

»Ja, ihm war es peinlich. *Lee Ben*, das hat mir damals so gefallen, dass das wie *lieben* klingt. Aber ihm war es peinlich, das können Sie sich nicht vorstellen. Mein Gott, ich kann es eh verstehen. Er hat vielleicht Angst gehabt, dass sie ihn in der Schule hanseln. Hat er es eben umgedreht. Mir gefällt es immer noch. Lee Ben. Ist Ihnen das gar nicht aufgefallen?«

Ich schüttelte den Kopf. Das ist die einfachste Antwort, wenn man einen Kloß im Hals hat.

»Es ist noch nie wem aufgefallen! Trotzdem war es ihm peinlich. Das kann ich schon verstehen. Aber Sie dürfen nicht vergessen, dass ich damals noch ein halbes Kind war, wo ich ihn zum ersten Mal im Arm gehalten habe, und da hat es mir den Namen hereingesagt.«

Es war schon ziemlich spät, und ich bin dann bald aufgebrochen. Auf der Heimfahrt war ich einigermaßen bedient. Mir gingen zu viele Gedanken durch den Kopf, die meine Fahrt mindestens so unsicher machten, als hätte ich mit der Mutter von Lee Ben beim Weintrinken mitgehalten.

Sogar die knorrigen Obstbäume, zwischen denen ich durch die Nacht fuhr, beschäftigten mich. Ich versuchte zu erraten, welche Bäume es waren, Äpfel oder Birnen oder Zwetschgen oder Kirschen, ich kenne mich bei Obst nicht aus. Ich dachte, während ich die Bäume mit meinen Scheinwerfern zum Leben erweckte, darüber nach, wie gern mein Vater Äpfel gegessen hat.

Obwohl ich selbst Äpfel noch nie besonders gemocht habe, wusste ich seit meiner Kindheit, dass die Lieblingssorte meines Vaters *Cox Orange* hieß. Der Name hatte mir gefallen, und auch die strahlenden Augen, die mein Vater bekam, wenn es irgendwo *Cox Orange* gab, die nur selten in den Läden zu finden waren. Noch bei meinem letzten Besuch im Pflegeheim bat er mich, ihm ein paar Äpfel zu besorgen. Auf meine Frage nach der Sorte – ich hoffte, er würde sagen, es sei ihm egal, da *Cox Orange* kaum zu kriegen waren – antwortete er, ohne zu überlegen, wie ein Quizkandidat, der mit der Antwort auf die Millionenfrage herausplatzt: »Cox Rot.«

Dass er nicht *Cox Orange* sagte, alarmierte mich. Überzeugt, dass es sein letzter Tag war, irrte ich durch die Kleinstadt von Geschäft zu Geschäft und wurde wütend, weil ich nirgendwo diese seltene Apfelsorte fand. Ich war nahe daran, irgendeinen unschuldigen Obstverkäufer zu beschimpfen, es schien mir unfassbar, dass es in diesem verdammten Kaff nirgendwo *Cox Orange* gab, ein Begriff, den ich wie kaum etwas – abgesehen von *Smart Export*-Zigaretten und *Stiegl*-Bier – mit meinem wählerischen Vater verband. Niemals hatte er *Cox Rot* gesagt, ein Begriff, der überhaupt nicht existiert.

Die Bäume, die meinen Weg säumten, waren bestimmt keine *Cox Orange*-Bäume, vermutlich nicht einmal Apfelbäume. Ich tippte auf Zwetschgenbäume, obwohl ich keinen richtigen Grund dafür hatte, vielleicht war es nur das zerdrückte Wort *Zwetschge*, das zu den verwachsenen Gestalten am besten passte, und kurz musste ich sogar an den Fußballspieler Zvjezdan Misimovic denken, der von seinen deutschen Kollegen *Zwetschge* genannt wurde, woraufhin ihn auch die afrikanischen Mitspieler, die sonst kein Wort Deutsch sprachen, *Zwetschge* nannten. *Zwetschgen* und *Zwenge* und *Kengurubs*, dachte ich, weil einer der Bäume die Form eines Känguruhs hatte, das aber nicht auf die Straße sprang, was ein Glück war, da ich auch etwas zu schnell unterwegs war. Aber wenigstens hatte ich nichts getrunken.

Zum Alkohol habe ich allgemein ein verkrampftes Verhältnis, und wenn ich einmal zu viel trinke, sehe ich mich sofort auf dem besten Weg, ein Säufer wie mein Vater zu werden. Offenbar hatte das Gespräch über Benjamins Vater in mir etwas wachgerufen, und ich dachte während der Heimfahrt zum ersten Mal, seit er vor einigen Jahren gestorben war, über meinen Vater nach.

Wie der Straßenmusiker und wie der Winnetou Benjamin hatte auch mein Vater kohlrabenschwarze Haare gehabt. Es entsprach aber seiner friedfertigen Art, dass diese Erbinformation sich weder zu mir noch zu meinem Bruder durchsprach. Unser Vater gefiel sich auch stets darin, der einzige Schwarzhaarige in dem von bajuwarischen Blondschöpfen bevölkerten Bergdorf zu sein, und behauptete in dem Zusammenhang gern, von Zigeunern abzustammen. Als Beweis dafür gab er dann immer dieselben drei, vier ungarischen Wörter zum Besten, die er in seiner Kindheit nahe der ungarischen Grenze aufgeschnappt hatte. *Erdő! Vargánya! Halászni! Ahogy vesszük!* Ein paar schlechte Eigenschaften, die man den Zigeunern nachsagt, hatte er ja immerhin zu bieten, zum Beispiel das dauernde Herumzigeunern von Gasthaus zu Gasthaus, das Kartenspielen, das begeisterte Tanzen, das Saufen und das gewohnheitsmäßige Aufstellen dubioser Behauptungen über seine Biographie, wobei er von sich selbst stets in der dritten Person sprach: »Jaja, der Vati stammt ja von Zigeunern ab. *Erdő! Vargánya! Halászni! Ahogy vesszük!*«

Geglaubt hat ihm niemand, und seine bescheidenen Geschwister schüttelten nur peinlich berührt den Kopf über seine Angebergeschichten, die er mit einem schalkhaften Lachen zum Besten gab. Falls diese Art des Lügens auch zu den typischen Zigeunereigenschaften gehören sollte, wäre allerdings die Tatsache, dass er gelogen hat, ein Indiz dafür, dass er nicht gelogen hat. Das Zigeunerparadox.

Darüber dachte ich nach, während ich in meinem schwarzen Golf durch die Nacht segelte, den ich mir für die elftausendfünfhundert Euro gekauft hatte, die mein Vater mir drei Tage nach der Bestellung eines Kilos *Cox Rot* vererbt hat. Bei Tageslicht hätte ich all diese Stereotype natürlich abgelehnt, hätte mich dafür gescholten, dass ich die Probleme meines Vaters diesem geschundenen Volk umzuhängen versuchte. Aber um Mitternacht, zwischen Braunau (Simbach) und Linz durch die Nacht fahrend, erfreute mich dieses Paradox so sehr, dass ich spielerisch die stille Voraussetzung akzeptierte. Falls er gelogen hat, war es vielleicht gerade deshalb wahr. Beglückt steigerte ich mich in die Frage hinein, ob mein Vater vielleicht doch ein Zigeuner war, wenn er kein Zigeuner war, während die Obstbäume in unendlichen Reihen an mir vorbeizogen.

Es hat etwas Rauschhaftes, über solche Dinge nachzudenken, und mit gutem Grund hat Tarski sie verboten. Fährt man aber allein über eine von knorrigen Obstbäumen gesäumte Landschaft durch die Nacht, nimmt man es nicht immer so genau mit den Gesetzen. Ich war jetzt auch entsprechend flott unterwegs, ungefähr oder genau doppelt so schnell wie die polizeiliche Empfehlung. Die Polizei erwischte mich nicht, aber während mir auffiel, dass ein Baum in einer S-Kurve wie eine Raubkatze aussah, die auf Passanten lauert, und während ich darüber nachdachte, dass es nicht nur viele Obstsorten und nicht nur unzählige Untersorten der einzelnen Obstsorten gibt, sondern auch viele Raubkatzen, deren Namen ich nicht kannte, sowie unendlich viele Kurvenarten, freute ich mich über den Zufall, dass ich nach der S-Kurve zu einer T-Kreuzung kam, bei der ich Richtung Linz rechts abbiegen musste, eine abermals von Obstbäumen gesäumte Landstraße entlang, nur dass hier rechterhand die Obstbaumreihe immer wieder von hölzernen Strommasten unterbrochen war, von diesen schönen, teerbeschmierten, wohlriechenden A-Masten und I-Masten, die in einem angenehmen Rhythmus abwechselten, A-Mast, I-Mast, I-Mast, I-Mast, A-Mast, I-Mast, und während ich feststellte, dass hier deutlich mehr I-Masten als A-Masten von der Stromleitung herunterhingen, und während ich darüber nachdachte, dass es schon seltsam ist, wie unser ganzes Denken auf dem Tabu beruht, dass ein Satz nicht über sich selbst sprechen darf, und wie schön es ist, dass dieses Verbot nur für die Wissenschaft gilt, unterschätzte ich die Fliehkräfte der linksdrehenden Hälfte einer abschüssigen S-Kurve, die von Bäumen gesäumt war, die im Mondlicht wie Elefanten aussahen, von denen ich einen, wie die Polizei später behauptete, mit 120 Stundenkilometern totgefahren habe.

Reha

Ein paar Tage nach meiner Überstellung vom Linzer Unfallkrankenhaus in ein Rehabilitationszentrum wollte ich gerade auf meinen Krücken zum Sprechtraining humpeln, als Benjamin Lee Baumgartner zur Tür hereinspazierte. Er musste lachen, dass auch ich im Krankenhaus gelandet war, und weil mir ohnehin sterbenslangweilig war, ließ ich mir seine Krankengeschichte gern stundenlang erzählen.

Das Rehazentrum befand sich auf einem der höchsten Punkte des Wienerwaldes, und von meinem Lieblingsplatz, einer versteckten Besucherecke, bestehend aus einem winzigen Tischchen und zwei Ikea-Sesseln, die man in einen Erker gezwängt hatte und wo die anderen Patienten sich selten hinverirrten, hatte man einen gewaltigen Blick über die Hügel und Wälder. Vielleicht trug auch dieser Blick dazu bei, dass Benjamin so ausführlich und weitschweifig erzählte. Nur wenn Ärzte vorbeitrampelten, senkte er seine Stimme, wurde ganz leise, schaute misstrauisch und setzte die Erzählung erst nach einer kurzen Pause wieder fort. Er fühlte sich ein bisschen verfolgt, seit auch bei uns bekannt war, dass er in den USA offiziell als das erste Opfer der Schweinegrippe galt, die sich mittlerweile in Mexiko und New Mexico so schnell ausbreitete, dass man eine weltweite Pandemie fürchtete.

Die Gesundheitsbehörden und die Zeitungen hatten so oft bei ihm angerufen, bis er sein Telefon abstellte. Mir aber erzählte er alles haarklein, und ich hörte ihm gern zu. Das Letzte, woran er sich selbst erinnerte, war das Gespräch am Burgerstand. Danach hatte er sich irgendwo unter einen Baum gelegt, um ein bisschen zu schlafen. Das Nächste war dann schon, dass er im Krankenhaus in Santa Fe aufwachte. Angeblich war er zwei Tage unter dem Baum gelegen, bevor sich jemand von der Pueblo-Verwaltung um ihn kümmerte und die Rettung rief.

»Vermutlich haben sie mich einfach für einen besoffenen Indianer gehalten«, lachte er.

Das Taos-Pueblo war auch der Ort, den er als Erstes aufsuchte, als er wieder gesund war und das Krankenhaus in Santa Fe verlassen durfte. Er ließ sich von einem Taxi hinfahren, um seinen Nissan zu holen. Die Mietwagenfirma war allerdings längst über den verwaisten Nissan verständigt worden und hatte ihn zurückgeholt.

»Die Kosten für die Rückholaktion haben sie mir knallhart von meiner Kreditkarte abgebucht. Die Abrechnung hab ich erst gestern bekommen!«

Ich wartete geduldig darauf, dass er endlich erzählte, was mit der Burgerverkäuferin war. Aber er breitete sich eine Ewigkeit über das Pueblo aus, das er zuerst nur kurz besichtigen wollte, um sich die Wartezeit auf den Bus zu verkürzen, mit dem er endlich nach Pojoaque fahren wollte, um den Bruder vom Bruder zu suchen, der einmal in der Nähe von *Munich* gelebt hat. Dann aber war es so schön und still und verlassen [HIER PUEBLO-BESCHREIBUNG EINBAUEN UND WIE ER WEGEN LEHM UND SONNE UND TERRACOTTAFARBE UND ADOBE UND

GRAS UND KLEINEFENSTERHÜHNERLEITERIDYLLE FAST DIE ZEIT ÜBERSEHEN UND DEN BUS VERSÄUMT HÄTTE]

Vielleicht lag es an den vielen Schmerzmitteln, die ich immer noch im Blut hatte, dass mir kurz der Verstand aussetzte und ich wirklich glaubte, mit einem Indianer auf dem Pueblo-Dach zu sitzen und auf die weiten Jagdgründe des Hochlandes zwischen Taos und Pojoaque zu blicken.

Erst das immer lauter werdende Herandonnern des Greyhound-Busses hinter der Begrenzungsmauer des Pueblos erinnerte den Touristen an seine Fahrt nach Pojoaque, und weil auch gerade die neue Turnusärztin auf ihren furchtbaren Crocs herandonnerte, hielt Benjamin kurz die Luft an, bis diese ausnehmend hübsche Person, die von allen Ärzten und Patienten umgarnt wurde und die trotz ihrer Zartheit genauso laut trampeln konnte wie ihre doppelt so schweren Kollegen, an uns vorbei war, und er wartete auch noch, bis sie am anderen Ende des Ganges abbog und bis sie langsam in der Ferne verklang.

»Auf dem Weg zum Bus hab ich mir noch eine Flasche Wasser am Burgerstand gekauft«, erzählte er. »Die neue Verkäuferin hat auch diesen Hut aufgehabt. Und das *Jenni*-Schild hat sie auch an der Brust gehabt! Da hab ich erst begriffen, dass das nur der Name dieser Burgerkette war. Dann bin ich zum Bus hinüber und nach Pojoaque gefahren.«

Er hat dann ziemlich lange aus dem Erkerfenster geschaut und nichts mehr gesagt. Nur ein bisschen mit dem Oberkörper gewackelt. Im Nachhinein kommt mir sogar vor, er ist so lange schweigend und schaukelnd dagesessen, wie er für die Fahrt von Taos nach Pojoaque mit Schweigend-Dasitzen und Aus-dem-Fenster-Schauen gebraucht hat. Ungefähr oder genau.

»In Pojoaque hab ich den Bruder vom Bruder wirklich gefunden.«

Jetzt hat sich die neue Turnusärztin aus der anderen Richtung genähert. Zu sehen war sie noch nicht, aber zu hören. Und dann auch zu sehen. Sie hat wirklich gut ausgesehen, und ich dachte, wenn ich der Einzige in der ganzen Reha bin, der ihr nie nachgafft, hab ich vielleicht eine Chance bei ihr.

Da sie so eilig unterwegs war, dass ihre Locken kaum mit ihr mitkamen, während ihr Blick schon das Ende des Ganges und scheinbar ihre nächste Aufgabe konzentriert anvisierte, war es fast ein Schock, als sie abrupt vor unserem Platz eine Vollbremsung hinlegte. Sie presste ihr Klemmbrett an die Brust und wandte sich mit einem bezaubernden Lächeln, bestehend aus tadellosen, nicht zu großen, nicht zu kleinen, nicht zu vielen, nicht zu weißen, nicht zu regelmäßigen Zähnen und wunderbar labellolosen Lippen an meinen Freund: »Jetzt muss ich Sie doch einmal fragen. Hat Ihnen schon jemals wer gesagt, dass Sie eine frappierende Ähnlichkeit mit dem Indianer in dem Film *Einer flog über das Kuckucksnest* haben?«

»Freut mich, Frau Dr. Altenberger. Benjamin Lee Baumgartner«, antwortete er mit einem verstört wirkenden Zurückschnellen seines Kopfes, das aber seinen Grund nur in Benjamins beginnender Altersweitsichtigkeit hatte, die ihm erst aus einem ausreichenden Abstand das Entziffern ihres Namensschildes ermöglichte.

»Und Manieren hat er auch noch!«, lachte die Turnusärztin und schurlte in ihren weißen Crocs davon.

[SCHURLN, HAHA, VERSTEHT KEIN SCHWEIN AUSSERHALB Ö. ANDERERSEITS SCHURLT NIEMAND SO INBEGRIFFLICH WIE SPITALSÄRZTE.]

In das Verklingen der hübschen Turnusärztin hinein flüsterte Benjamin, sichtlich zufrieden mit seinem Namensmanöver: »Noch einmal passiert mir das nicht. Mir reicht's. Noch ein Seuchenjahr, und du kannst mich eingraben. Als ich mich das erste Mal verliebte, war ich in England, und da ist die Rinderseuche ausgebrochen. Als ich mich das zweite Mal verliebte, war ich in China, und da ist die Vogelgrippe ausgebrochen. Und drei Jahre später war ich das erste registrierte Opfer der Schweinegrippe. Sollte ich je wieder Symptome von Verliebtheit zeigen, musst du sofort die Gesundheitspolizei verständigen, versprich mir das.«

Ich versprach es ihm.

Aber ich versprach viel in diesen Tagen. Hatte mir nicht auch seine Mutter das Versprechen abgenommen, ihrem Sohn beizubringen, dass sein Vater gar kein Indianer war?

»Der Bruder vom Bruder ist sehr umgänglich gewesen«, erzählte Benjamin, nachdem er uns am Automaten zwei Becher Kaffee geholt hatte. »Von seinen Brüdern ist bestimmt nie einer in Munich gewesen. Oder gewesen schon, aber nur kurz, um ihn zu besuchen. Er selber war es nämlich, der ein paar Jahre in der Nähe von Munich gelebt hat. Da ist mir schon kurz ein bisschen knieweich geworden.«

Benjamin verstummte und schaute in die Richtung, wo die Turnusärztin verschwunden war. Seit diesem Moment weiß ich, dass ich an einer leichten Schwerhörigkeit leide. Wahrscheinlich nicht durch den Unfall, sondern schon länger, ich vermute seit dem Tinnitus, der mich vor ein paar Jahren kurzzeitig in den Wahnsinn getrieben hat. Ich fragte mich, warum Benjamin seine Erzählung so misstrauisch unterbrochen hatte, und erst eine halbe Minute nach ihm hörte auch ich das ferne Trampeln einer Ärzteherde, das jetzt schnell näher kam.

Die drei Ärzte stampften vorbei, ohne uns zu beachten, und als die Stampede verklungen war, sagte Benjamin:

»Vom Alter her hätte es auch gepasst. Der dürfte schon so zwanzig Jahre älter gewesen sein als ich. Und auf meine Frage, warum er nach Munich gegangen ist, sagt er auch noch: Woman. Sonst nichts. Nur *woman.* Und teuflisch gegrinst hat er dazu. Also, was heißt teuflisch. Wie eben Männer dreinschauen, wenn sie *woman* sagen. Und dann hat er erzählt, dass er eigentlich nach Kanada wollte. Aber er ist nur bis Winnipeg gekommen. Da hat er diese woman kennengelernt, die aus Grand Forks war. Im Red River Valley. Ist er eben dortgeblieben. Nicht direkt in Munich, sondern zwischen zwischen Grand Forks und Munich haben sie sich niedergelassen. Aber beim großen Hochwasser ist ihnen alles weggeschwommen. Die große Flut, 1997 – er ist davon ausgegangen, dass mir das ein Begriff ist. Sie sind sogar evakuiert worden, hat er stolz erzählt. Dann ist er zurück nach Pojoaque, wo er geboren worden ist. Ich war natürlich erleichtert. Stell dir vor, wenn das wirklich mein Erzeuger gewesen wäre. Was hätte ich dann getan?«

Jetzt war der richtige Moment, um es ihm zu erzählen. Nachdem ich mich von seiner Mutter schon verabschiedet hatte, ist sie in ihren Hausschuhen noch einmal zu meinem Auto gekommen und hat mir das Ehrenwort abgenötigt. Dass ich ihm die Wahrheit über seinen Vater verrate, falls ihr Lee Ben jemals zurückkommt. Ich hätte zwar so tun können, als würde ich mich wegen des Unfalls an nichts erinnern. Schon gar nicht an die letzten Stunden davor. Und außerdem hat sie das Versprechen mit Tränen erzwungen. Zumindest mit feuchten Augen, mit Tränendrohung. Aber ich fühlte mich trotzdem daran gebunden. Und wenn es einen richtigen Zeitpunkt dafür gab, dann jetzt. Aber ich verschob es auf das nächste Mal.

Bienenbüttel

Einen nächsten Besuch gab es aber nicht. Benjamin Lee Baumgartner verschwand wieder einmal. Anfangs war das nicht besonders auffällig. Auch sonst haben wir uns meist wochenlang oder auch Monate nicht gesehen. Das ist ja der Vorteil der echten Freundschaften, dass man sich nicht sehen muss.

Im Frühling 2010 wurde ich aus der Reha entlassen. Alles ist wieder halbwegs zusammengewachsen, nur zum Sprachtraining musste ich weiterhin einmal pro Woche, jeden Donnerstag um halb fünf.

Da ich ihn telefonisch nicht erreichte, machte ich mich irgendwann auf den Weg in seine Wohnung. Der Philodendron war in einem erbärmlichen Zustand. Die sonst stolz in den Raum ragenden, kopfgroßen Blätter waren an ihren Hälsen zu Boden gesunken. So wirkten sie wie Lebewesen, die verzweifelt versuchten, aus dem Holzboden etwas Feuchtigkeit zu trinken. Die Rührseligkeit, die mich bei diesem Anblick befiel, spricht dafür, dass mir der Unfall doch noch in den Knochen saß. *Erdő! Vargánya! Halászni! Ahogy vesszük!* Obwohl es mir sinnlos erschien, wollte ich auch nicht untätig sein und begann, die staubtrockene, zerklüftete Pflanzenerde zu gießen. Zuerst nur ein bisschen befeuchten, nach ein paar Minuten noch einmal und so weiter, bis sie wieder fähig war, etwas Wasser aufzunehmen. Noch heute kann ich es nicht glauben, dass die Pflanze sich wirklich erholt hat. Vermutlich hat die Feuchtigkeit der schattigen Wohnung, über die Benjamin manchmal klagte, sie gerettet.

Es vergingen Wochen und Monate, in denen das Gesundpflegen seines Philodendrons mein einziger Kontakt zu Benjamin war. Er selbst blieb verschollen.

Erst im Jahr darauf besuchte ich einmal Benjamins Mutter auf der Rückfahrt von dem Altersheim, wo meine Mutter lebt und wo mein Vater gestorben ist und wo mein Bruder und ich geboren wurden, weil die vor hundert Jahren für mehrere abgelegene Alpentäler eingerichtete Gebärklinik irgendwann in eine Seniorenresidenz umgewidmet wurde, sodass nun die dort Geborenen an denselben Ort zurückkehren, um zu sterben. Benjamins immer noch jung wirkende Mutter begrüßte mich wie einen alten Freund, obwohl wir uns seit ihrem Besuch im Krankenhaus nicht mehr gesehen hatten.

Zu meiner Überraschung wusste sie, wo ihr Sohn war. Nach Norddeutschland gezogen.

»Woman?«, fragte ich.

»Ja«, lachte sie. »Du kennst dich aus. Woman natürlich! Was denn sonst?«

Einerseits freute sie sich, dass ihr Sohn glücklich war. Zumindest habe er sich beim letzten Telefonat glücklich angehört. Andererseits machte sie sich zunehmend Sorgen. Weil in der Gegend um Hamburg neuerdings diese tödliche Durchfallerkrankung grassierte.

»Das hast du ja sicher gehört. Wo es schon ein paar Tote

gibt. Aber jetzt wissen sie wenigstens schon, dass es von den spanischen Gurken kommt.«

Ich versuchte, mir nichts anmerken zu lassen.

»Der Benjamin ist ja nicht empfindlich«, behauptete ich. »Der hat immer alles essen können.«

»Aber wenn dich dieser Ehec erwischt, nützt das gar nichts«, erwiderte die Mutter. »Dem ist das egal, ob du empfindlich bist oder nicht. Ich mache mir Sorgen, weil er ja Vegetarier ist. Da ist er besonders gefährdet. Aber so gescheit wird er wohl sein, dass er keine Gurken isst. «

Seit Tagen waren die norddeutschen Gesundheitsbehörden verzweifelt auf der Suche nach dem Erreger dieser furchtbaren Durchfallepidemie, und selbst bei uns, tausend Kilometer entfernt, aß niemand mehr Gurken oder rohes Gemüse.

Meinen Versuch, sie damit zu beruhigen, dass Hamburg doch viele Einwohner und gemessen daran nicht so eine dramatische Zahl an Ehec-Toten zu beklagen habe, entkräftete sie mit der schlichten Tatsache, dass er gar nicht in Hamburg lebte.

»Der Ort, wo er lebt, ist vierzig Kilometer von Hamburg entfernt. Der hat bestimmt nicht viele Einwohner. Der heißt schon so klein. Bienenbüttel.«

»Bienenbüttel«, wiederholte ich, und wir mussten beide über den märchenhaften Namen lachen. Das Lachen schien ihr mehr zu helfen als meine statistischen Argumente.

»Ja, in Bienenbüttel«, kicherte sie. »Das hat bestimmt nicht so viele Einwohner, dieses Bienenbüttel.«

»Und was macht er in Bienenbüttel?«

»Da arbeitet er angeblich auf einer Sprossenfarm.«

»Einer was?«

»Das hab ich ihn auch gefragt. Er hat im Zug eine Touristin kennengelernt, die war aus Bienenbüttel. Und die arbeitet da auf einer Sprossenfarm. Oder ist sie selber die Chefin, ich weiß es nicht. Jetzt ist er mit ihr gegangen und arbeitet auch dort. Der spinnerte Indianer. Da werden diese komischen Bambussprossen gezüchtet oder was. Mich darfst du nicht fragen. Ich esse so was nicht. Und bei einer Farm denke ich an Rinder, nicht an Bambussprossen.«

»Ich auch. An Rinder oder Schweine.«

»Aber nicht an Sprossen!«

Wir waren jetzt durch *Bienenbüttel* schon so kindisch, dass wir auch über *Sprossenfarm* lachen mussten. Oder besser gesagt darüber, was dem Lee Ben schon wieder eingefallen ist.

Vermutlich lag es auch an der Weinflasche, die ich ihr mitgebracht hatte und die wir mitten am Nachmittag gemeinsam leerten. Ich durfte ja jetzt, wo ich keinen Führerschein mehr hatte. Zurück fuhr ich dann mit dem Postautobus. Richtung Linz, wo ich in den Zug umsteigen wollte. An dem fehlenden Baum erkannte ich im Vorbeifahren die Unfallstelle, stieg bei der nächsten Haltestelle aus und ging einen Kilometer auf dem schmalen Grasstreifen zwischen Asphalt und Bäumen zurück. Mir fiel auf, dass mein Schatten im Stoppelfeld wie eine Seilbahn an der Schattenstromleitung entlangschwebte, und ich konzentrierte mich so auf die stete Verbindung meines Haarschopfs mit dem Kabel, dass ich einmal fast an einen I-Mast gerannt wäre, glitt aber ansonsten mühelos bis zu der Stelle, wo ich den Baum umgemäht hatte.

Es war schon ein komisches Gefühl. Kurz vergaß ich hier sogar die beunruhigende Neuigkeit über Benjamins

Aufenthaltsort. Die Gefahr, die von mir selbst ausging, drängte sich für den Moment in den Vordergrund, und ich dankte dem Gesetzgeber dafür, dass er Typen wie mir den Führerschein entzieht.

Eine Zeit lang suchte ich den Boden ab, ob ich vielleicht noch irgendein Zeichen von dem Unfall fand. Das einzige Zeichen war aber der fehlende Baum, und ich musste daran denken, dass ich einmal bei Roland Barthes gelesen hatte, die Sprache sei faschistisch. Weil man ihrem totalitären Bezeichnungsregime nicht entkommt, und selbst wenn ein Zeichen fehlt, bezeichnet es noch als Nullzeichen. Es war lange her, dass ich mich für so etwas begeistern konnte. *Fatigué*. Aber wirklich stand diese Lücke wie ein weißer Elefant in der Landschaft, als schweigender Vorwurf der Nichtexistenz. Ich dagegen war seltsamerweise immer noch da und stocherte mit den Schuhen im Feld herum auf der Suche nach einem Zeichen. Die Straßenarbeiter hatten aber wirklich sauber gearbeitet, und ich konnte kein Souvenir des von mir zerlegten Golf Rabbit finden.

Mein Vater, der in dem Pflegeheim, in dem unsere Mutter meinen Bruder und mich geboren hat, gestorben war, hatte es geschafft, bei seinem Begräbnis noch einmal aus dem Grab heraus eine Show abzuziehen. Unmittelbar nach der Beerdigung, als das familiäre Trauerhäufchen sich in das Gasthaus begab, in dem er als Rentner noch viele Jahre seine Hilfsdienste verrichtet hatte, verzögerte sich der Moment, in dem mein Bruder und ich uns zu den anderen gesellen konnten. Gerade als wir uns an den Tisch setzen wollten, flüsterte die jüngste Schwester des Begrabenen uns zu, wir sollten noch einmal kurz hinauskommen, es sei noch etwas zu besprechen. Es stellte sich heraus, dass die Heimlichtuerei unserer Mutter galt, die meinem zu großen Gesten, Spendierhosen, Lokalrunden, Taxireisen, Schmuckkäufen und gigantischen Spieleinsätzen neigenden Vater die Belastung mit sämtlichen Geldangelegenheiten vor Jahrzehnten abgenommen und so die Familie vor dem frühzeitigen Ruin bewahrt hatte.

Draußen überreichte die Tante vor den Augen eines jungen Cousins, den sie, wohl weil er Polizist war, als Zeugen gewählt hatte, den staunenden »Herren Söhnen«, wie der Verstorbene uns gern tituliert hatte, dreiundzwanzigtausend Euro.

»Das hat euer Votta für euch gespart«, sagte sie, und der junge Polizist stand da, ein großer, schlanker Mann mit roten Haaren und einem ernsten Gesicht, und die Sonne schien, und es roch nach Schnee, und der Winter kam, und wir waren über der Nebelgrenze, und die Kälte zischte, und die Tante war schwarz gekleidet, und ein schwarzes Kopftuch bedeckte ihre weißen Haare, *und sie legte die Trauerkleider nicht wieder ab, weil sie lebte,* und der Wind rüttelte am schwarzen Anzug des Wache haltenden Polizisten, *und weil der Hund bellt, frisst der Wolf das Schaf,* und mein Bruder stand da in seinem schwarzen Anorak, *Erdő! Vargánya! Halászni! Ahogy vesszük!*, und der Wind wehte ihm die graue Beatnik-Mähne ins Gesicht, während ihm dreiundzwanzig lila leuchtende Fünfhunderter in die Hand gezählt wurden, und ich musste an diesen schottischen Film denken, wo sie die Asche des Verstorbenen ins Meer streuen, aber der Wind weht ihnen die ganze Asche auf die schwarzen Anzüge, und die Tante sagte, das hat euer Votta für euch zusammengespart, er wollte, dass ich euch das gebe und dass eure Mutter nichts davon erfährt, und wir gingen wieder hinein in das Gasthaus, in dem er im Lauf der letzten zwanzig Jahre, also tausendvierzig Wochen ungefähr oder genau, im Lauf von siebentausenddreihundert Tagen mehr oder weniger diese dreiundzwanzigtausend Euro Trinkgeld zusammengespart hatte, und ich fragte mich, was soll ich jetzt mit der Kohle tun, ins Meer flattern lassen, aber es war kein Meer da, und ich kaufte mir ein Auto, einen vier Jahre alten VW Golf, und fuhr damit herum.

Eine der verblüffendsten Erfahrungen beim Schreiben ist es, dass erfundene Dinge oft wahr klingen und wahre erfunden. Vielleicht, weil man in der Wirklichkeit etwas gerade dann für erzählenswert hält, wenn sich ein verrückter Zufall ereignet, während ein blöder Zufall in einem Buch als störend empfunden wird. Jetzt war ich aber sogar in der Wirklichkeit genervt von dem idiotischen Zufall, dass, während ich an den nichtexistierenden Baum gelehnt auf die Stelle starrte, wo es mich aus der S-Kurve in die Landschaft getragen hatte, ausgerechnet der sinnloseste Teil meines Unfallwagens in der Sonne blinkte. Von dem Auto, das der Herr Haas, ein führerscheinloser Kellner, der sich liebend gern mit dem Taxi in die Gasthäuser der Nachbardörfer kutschieren ließ, seinem Herrn Sohn gekauft hatte, war ausgerechnet das idiotische Golf-Häschen übrig geblieben, das neben meinem Schuh aus der Erde zwinkerte.

Während ich das Metallhäschen aufhob, fiel mir ein, dass Benjamin mir einmal mit fasziniertem Ekel erzählt hatte, bei den teuren Automarken könne man gegen Aufpreis auch das Extra *Namensweglassung* bestellen. Ich hatte zuerst gar nicht verstanden, was er damit meinte, und er erklärte mir, für manche Snobs sei es besonders cool, wenn in einer paradoxen Überhöhung des Markenfetischismus auf ihrem Autoheck der Schriftzug der Nobelmarke fehlt.

Ich drehte den mickrigen Blechhasen ein paarmal zwischen den Fingern, überlegte, ob ich ihn abputzen und mitnehmen sollte, warf ihn dann aber genervt so weit wie möglich in das Feld hinaus. Und mit dieser ausholenden Wurfbewegung, die vielleicht etwas Kindliches hat, so wie man aus tödlicher Kinderlangeweile einen Stein irgendwohin pfeffert, ins Wasser oder auf einen Kartoffelacker hinaus oder einer Kuh hinterher, oder man versucht, einen Schneeball über das Hausdach zu werfen, schmeißt aber nur die Fensterscheibe ein, oder ein vorbeifahrendes Auto wird beschossen, dem der Schneeball nichts macht, aber der Fahrer erschrickt und schaut blöd, oder man haut einen Tannenzapfen in den Bach und rennt mit ihm um die Wette, oder man wirft einen Schuh ins Geäst, um einen hängengebliebenen Federball zu befreien, und auch der Schuh bleibt hängen – mit dieser ungewohnten Bewegung, die offenbar die dazugehörigen abgestorbenen Fasern und vergessenen Momente aufrührte, wurde ich irgendwie fröhlich.

Und weil das leichte Blechhäschen nicht weit geflogen war und weil es in der Maisonne blinkte, fand ich es im Gras wieder und warf es noch einmal noch weiter in das Feld hinaus, und wieder suchte ich es und wanderte meinem Wurfgeschoss hinterher, immer weiter in das leicht abschüssige Feld hinein, und indem mein Blick dem fliegenden Hasen folgte, fiel mir sogar auf, wie schön es hier war, wie weit sich die Hügel und Wälder, und wenn nicht vor ein paar Tagen bei meiner Ehefrau das Gelenk gebrochen wäre, wo man den Bildschirm des MacBooks aufklappt, würden hier zwei Seiten schöne Landschaft folgen, aber vom ungewohnten Handschreiben tut mir schon mein Handgelenk weh, also bitte die Landschaft einfach vorstellen.

Jedenfalls war es schön, und als ich den Hasen irgendwann nicht mehr fand, war ich schon so weit in das Feld vorgedrungen, dass ich einfach geradeaus weiterging, immer dem sanften Gefälle folgend auf eine Baumreihe zu, die vermutlich einen Weg säumte.

Es dauerte eine halbe Stunde ungefähr oder genau, bis ich einen Menschen erspähte. Eine magersüchtige Reiterin auf einem wohlgenährten Pferd trabte gemächlich den Feldweg entlang, und ich wollte sie fragen, ob sie mir sagen kann, wo ich die nächste Bushaltestelle finde.

Während ich mich ihr näherte, legte ich mir den Satz zurecht, und mir fiel zum ersten Mal seit Jahrzehnten ein, dass eine Freundin manchmal statt *Bushaltestelle* versehentlich *Haltebusstelle* gesagt hatte, mit Sommersprossen und einer vorbildlichen Hakennase, *Erdő! Vargánya! Halászni! Ahogy vesszük! Haltebusstelle*, das durfte ich also nicht sagen, ich konnte doch einfach sagen, entschuldigen Sie, wissen Sie zufällig, wo ich die nächste *Bushaltestelle* finde, trichterte ich mir ein, während es ein paar Sekunden länger als geplant dauerte, bis wir in Sprechdistanz waren, weil sie ihr Pferd, das zuerst in meine Richtung getrottet war, zum Stehen gebracht hatte.

Bevor ich meine Frage stellen konnte, lächelte die Magersüchtige von ihrem Pferd herunter und sagte, sie hätte geglaubt, dass ich mit dem Handy telefoniere, aber erst jetzt werde ihr klar, dass ich mit mir selbst gesprochen habe. Ich musste auch lächeln, weil mir der Karl-May-Begriff *dürrer Klepper* einfiel, aber nicht zu ihrem wohlgenährten Pferd. Das sagte ich aber natürlich nicht.

»Mit Ihnen hat der Gaul bestimmt eine Freude, weil Sie so leicht sind«, hätte ich fast gesagt, sagte es aber nicht, weil mir gerade noch rechtzeitig Bedenken kamen, ob sie es so witzig finden würde wie ich. Andererseits ist es doch auch unelegant, offensichtliche Probleme auf eine Art totzuschweigen, die durch das Verschweigen erst recht eine Monstrosität daraus macht. Schon wieder ein Dilemma, man muss etwas sagen, um nichts zu sagen.

»Das habe ich schon öfter gehört, dass Reiten für Magersüchtige eine gute Therapieform ist«, hätte ich deshalb fast gesagt, aber ich besann mich und sagte nur: »Entschuldigung, wissen Sie zufällig, in welche Richtung ich zur nächsten Haltebusstelle komme?«

Sie sagte nichts, wies aber mit ihrem langen, dünnen Arm in die Richtung, in die ich sowieso gegangen wäre.

»Danke.«

Sie blickte mich nur ausdruckslos an, als wäre ich irgendein Gegenstand in der Landschaft.

»Übertrieben gesprächig sind Sie nicht, oder?«

Das Pferd schnaubte und wurde unruhig, und während oder weil die Reiterin Mühe hatte, es still zu halten, fiel mir auf, dass sie ohne Sattel auf dem Pferd saß.

Ich hatte das Gefühl, irgendwas getan zu haben, was dem Pferd nicht passte, und machte mich auf den Weg. Im Weggehen winkte ich ihr zum Abschied zu, aber sie wendete das Pferd und ritt noch eine Weile neben mir her.

»Ich lese gerade Ihr Buch«, sagte sie.

Dass sie doch noch etwas zu mir sagte, überraschte mich, und ich fand es gemütlich, dass ich nicht antworten musste, weil sie ja auch nicht zu ausführlichen Antworten neigte.

»Das mit den chinesischen Seiten war voll cool. Und das mit dem Schräglesen auch.«

»Querlesen«, sagte ich.

»Geradelesen gibt es nicht, das war cool. Aber bei *Rain Man* ist Ihnen ein Fehler passiert.«

»Warum?«

»Warum er Ihnen passiert ist, weiß ich nicht, aber *Rain Man* ist erst im Herbst in die Kinos gekommen, und Ihre Paisley-Frau redet schon im Sommer darüber.«

»Warum wissen Sie das so genau?«

»Ich hab's gegoogelt«, lächelte sie. »Aber machen Sie sich nichts draus. Es ist auch schön, Fehler zu finden.«

»Ich werd's versuchen.«

»Von mir erfährt's jedenfalls keiner. Und jetzt müssen Sie dann bei der Hamburger Gesundheitspolizei anrufen, oder? Wegen der Sprossenfarm.«

»Ja, leider.«

»Tut mir leid. Man verrät nicht gern einen Freund. Aber andererseits.«

»Eben.«

»Bringen Sie es lieber gleich hinter sich.« Sie zeigte dabei auf ein hölzernes Wartehäuschen, an dem ein oranges Plakat mit der Aufschrift FEUERWEHRFEST hing. »Bei Haltestellen kann man oft gut telefonieren.«

»Vielleicht, weil früher manchmal Telefone bei Haltestellen waren, dass da noch die Aura gut ist«, sagte ich.

»Ja.«

»Ja.«

»Ich hau mich wieder über die Häuser.«

»War nett plaudern mit Ihnen.«

»War nett durch Ihren Roman reiten«, sagte sie und ritt langsam davon.

Einmal drehte sie sich aber noch um und rief: »Aber das mit dem dürren Klepper hätten Sie sich sparen können!«

Schluss

Zwei Wochen nachdem ich von der Bushaltestelle aus bei der Hamburger Gesundheitspolizei angerufen hatte, war Benjamin Lee Baumgartner wieder da. Ich weiß nicht, ob er weiß, dass ich es war, dem sie den Tipp verdankten. Aber vermutlich kann er es sich denken.

Ein schlechtes Gewissen habe ich deswegen nicht. Nummer eins hat er mich darum gebeten. Und außerdem wäre es verantwortungslos gewesen, nicht anzurufen. Natürlich bin ich auch froh, dass er wieder hier ist. Am Anfang hat er sich kaum blicken lassen, aber in letzter Zeit sehe ich ihn wieder öfter. Ich bin zwar ein Mensch, der sehr gut allein sein kann. Aber auf die Dauer ist es doch langweilig.

Und außerdem kommt jetzt der November. Früher mochte ich die dunklen Monate, es war ein romantisches Gefühl, deprimiert zu sein. Aber je älter ich werde, umso mehr stört mich die ganze Jahreszeit. Ich glaube, es ist weniger die Kälte als das fehlende Licht. Zu viel Nebel, zu wenig Sonne. Und dann noch die Kälte dazu. Und die Nässe. Und die Dunkelheit. Und dass die Sonne nie scheint. Und dazu kommt noch, dass es nie warm ist. Und dann noch, dass es so spät hell wird. Und so früh dunkel.

[EVTL. HIER NOCH EINFÜGEN, WIE ES IN DER

STERBENACHT MEINES VATERS GEGEN FÜNF UHR FRÜH ZU SCHNEIEN ANFING. EIN NASSER OKTOBERSCHNEE, DER SICH NICHT RECHT ENTSCHEIDEN KONNTE, OB ER AM FENSTERBRETT DES STERBEZIMMERS LIEGENBLEIBEN ODER GLEICH WIEDER WEGRINNEN SOLLTE. WIE STILL DER SCHNEE DURCH DEN LICHTKEGEL DER PARKPLATZLATERNEN FIEL, WÄHREND MEIN VATER RUHIG VOR SICH HIN ATMETE. BIS DIE ERSTEN PFLEGERINNEN IN DER DUNKELHEIT AUFTAUCHTEN, AUS IHREN KLEINEN, VON FLATTRIGEN SCHEIBENWISCHERN ANGETRIEBENEN AUTOS STIEGEN UND MIT EINGEZOGENEN KÖPFEN DURCH DEN SCHNEE ZUM EINGANG HUSCHTEN, WÄHREND MEIN VATER IN SEINEM WEISSEN BETT, VON DER GNÄDIGEN MORPHIUMSPRITZE GETRÖSTET, IMMER NOCH – FATIGUÉ! FATIGUÉ! VATIGEH! ERDŐ! VARGÁNYA! HALÁSZNI! AHOGY VESSZÜK! – RUHIG VOR SICH HIN ATMETE.]

Früher ist mir das triste Novemberwetter gar nicht so aufgefallen. Ich könnte ja einmal auf so eine Schönwetterinsel fliegen. Teneriffa. Wie das schon klingt! Malediven. Aber was tu ich dort? Volleyball schauen? Blöd in der Sonne liegen? Meinen Bauch in einen Neoprenanzug klemmen? Dann noch lieber Südafrika. Mich dort erschießen lassen. Oder einfach bei uns ein Ort, der über der Nebelgrenze liegt. Aber was soll ich in den Bergen? Lawinen abtreten?

Eventuell könnte ich dort irgendwo ein Buch anfangen. Andererseits. Wenn ich ein Buch anfange, kann ich genauso gut dableiben. Meine Ehefrau MacBook Air ist auch wieder repariert. Fast wie neu. Alles funktioniert so gut. Tipp tipp tipp. »Verrate mir bitte nicht deinen Namen«, sagte Benjamin Lee Baumgartner zu der Burgerverkäuferin. Wie gut diese Tasten gehen. Tack tack tack. Man muss nur die Finger hinauflegen. Pickpickklappklapp flupp flupp flupp gnack gnack gnack. Irgendwie peckpeckpeck geht es von selbst. Fast wie bei diesen Zauberklavieren, wo die Tasten ohne Pianisten spielen. »Ich finde, wenn man erst einmal den Namen weiß, ist der Zauber schon zerstört.« Sagte er. Sagte sie. Hätte er fast gesagt. Der Anfang ist immer am leichtesten.